L'AFFAIRE NOBEL

OLIVIER TRUC

L'AFFAIRE NOBEL

Une autre histoire de la Suède

BERNARD GRASSET
PARIS

ISBN : 978-2-246-81897-7

À la tribu Truc,
de la Baltique à la Méditerranée

1.

Une soirée avec Stacey

Mercredi 2 mai 2018, 20 h 41. Fasching, à deux pas de la gare centrale de Stockholm. Ancienne discothèque du restaurant Zanzibar. Aujourd'hui la principale scène de jazz de la capitale suédoise. Ambiance tamisée. Recueillie. Chaleureuse. Jusqu'ici, tout s'est bien passé. Devant la scène, les spectateurs assis à de petites tables terminent de picorer. Charcuterie italienne, fromage à pâte cuite, salade aux crevettes fumées et au bacon, croquettes de betteraves à la crème de raifort. Autour, des dizaines d'amateurs debout, bière à la main. La salle est comble. Ambiance sympa. Stacey Kent, chanteuse de jazz américaine, est une habituée du lieu. Ce soir, elle emballe, même ceux qui ont moins aimé son dernier album. Voix légère, toujours dans le rythme. C'est Stacey, au meilleur de Stacey. Les Suédois aiment. L'Amérique, ils connaissent. Ils aiment. Pas Trump, mais le reste. Pas plus américanisés qu'eux en Europe. Des millions de Suédois ont émigré là-bas entre la fin du XIXe siècle et le début du XXe. Un tiers de la population. Ça fuyait la pauvreté, les cailloux dans la terre, l'intolérance religieuse. Les lettres d'outre-Atlantique racontaient une belle histoire. Un des premiers papiers que j'ai écrits en arrivant en Suède en 1994, c'était sur Robert, un déserteur américain anti-guerre du Vietnam qui avait choisi la Suède, comme des centaines d'autres. Une sacrée Suède à l'époque. Robert habitait dans le Grand Nord suédois. Il venait d'écrire au président Clinton pour obtenir la grâce et pouvoir revenir aux États-Unis.

Des liens forts, dans chaque sens.

Entre Stacey et les Suédois, ce 2 mai, le courant passe.

Elle vient de jouer un morceau de Gainsbourg. Maintenant, elle prononce quelques mots pour lancer le prochain. Avec son petit sourire malin. Elle parle Nobel. Son mari, celui au saxophone soprano, Jim Tomlinson, a écrit plusieurs morceaux avec le prix Nobel de littérature 2017, Kazuo Ishiguro, devenu leur ami. Elle va en jouer quelques-uns. « Bullet Train », « Breakfast on the Morning Tram », « The Ice Hotel ». Reflets violets sur ses cheveux courts et châtains à la garçonne, veste dorée scintillante, rideaux de velours mauve dans le fond. Stacey raconte, c'est chouette le Nobel, ça rassemble les gens. Elle remercie des gens de la fondation Nobel qui sont ici ce soir. Qui lui ont fait visiter le musée Nobel hier. Tellement formidable, les Nobel. Géniale, la Suède. Et ce musée, j'aurais pu y passer des heures. Formidable Nobel. Et là, ce soir, à Fasching, que des amis.

Jusque-là, tout allait bien.

En temps normal, les Suédois se seraient pâmés. Ils auraient applaudi. Normal. Stacey aurait souri plus encore, et le batteur Josh Morrison aurait lancé la suite. Ou Graham au piano, ou Jeremy à la basse.

Là, silence. Total. Dans le public, on se regarde, échanges de mines, un peu de gêne, un peu de malice, au choix. On attend que Josh donne le ton. Vite maintenant, parce que le silence se prolonge. Un silence de gêne et de malice, qui échappe à Stacey. Vas-y Josh. Vas-y Graham. Vas-y Jeremy.

Jusque-là, tout allait bien.

2.

Une autre histoire de la Suède

Le 21 novembre 2017, le quotidien *Dagens Nyheter* publie en première page une enquête de Matilda Gustavsson, qui lui vaudra un an plus tard le Grand Prix du journalisme suédois. Dans cet article de l'ère #MeToo, dix-huit Suédoises accusent un homme, alors désigné par le surnom anonymisé de *kulturprofilen* (personnalité culturelle), de harcèlement sexuel et de viol.

On apprend bientôt que cet homme est un Français originaire de Marseille, habitant Stockholm, qu'il s'appelle Jean-Claude Arnault et qu'il est l'époux de la poétesse Katarina Frostenson, membre éminente de l'Académie suédoise.

Les accusations sont graves. Viennent s'y ajouter des soupçons de fuites sur les lauréats du prix Nobel de littérature, décerné par l'Académie suédoise.

Une enquête interne est diligentée, qu'une majorité d'académiciens décide de tenir secrète. C'est le début d'un bras de fer d'anthologie entre deux factions d'immortels, à coups d'insultes étalées sur la place publique. Les deux camps deviendront vite irréconciliables, au point que la fondation Nobel, l'institution qui gère l'argent légué par Alfred Nobel et veille à ce que l'esprit de son testament soit respecté, obtient l'annulation du prix Nobel de littérature 2018. La décision est prise le 3 mai 2018, au lendemain du concert de Stacey. La déflagration est énorme, le retentissement planétaire, tant l'impact du prix Nobel de littérature est global. Le Nobel est le seul prix de littérature au monde qui, une fois l'an, fait parler de littérature aux quatre coins de la planète. S'il n'avait qu'un mérite, au-delà des commentaires qui accompagnent chaque annonce, il se suffirait déjà à lui-même. L'annonce du Nobel, un jeudi en octobre, pourrait même devenir l'occasion de marches pour le livre, de fêtes du livre dans le monde entier, à la façon de la fête de la Musique ou de la Sant Jordi à Barcelone, un événement unificateur à l'échelle du globe autour du pouvoir des mots. C'est ça la puissance du Nobel.

Dans les mois qui suivent l'annulation, l'empoignade atteint des sommets, laissant les Suédois interloqués. La fondation Nobel, gardienne du temple, tape du poing sur la table et tente d'imposer ses vues à l'Académie. Sauver l'honneur. Sauver la marque Nobel.

Il faudra plusieurs mois pour qu'un calme apparent revienne. Au printemps 2019, après avoir fondu de moitié pour cause de démissions en cascade, l'Académie a retrouvé son effectif plein. Jean-Claude Arnault purge déjà sa peine de deux ans et demi de prison pour le double viol d'une plaignante. Et il a été décidé que le prix Nobel de littérature 2018, d'abord suspendu, serait finalement attribué à l'automne 2019, en même temps que le lauréat 2019.

Ce jour-là, le jour suivant le concert de Stacey, lorsque l'Académie suédoise, sous la pression de la fondation Nobel, décide de reporter le prix 2018, j'étais dans le même état d'esprit que la plupart des Suédois. Consterné par cette histoire qui semblait si peu suédoise. Était-elle le signe que quelque chose se craquelait dans ce laboratoire de la social-démocratie ? Est-ce que cela nous racontait une autre histoire de la Suède ?

Vu de l'étranger, la Suède bénéficie d'une image plutôt lisse et paisible qui en fait, selon le point de vue, un modèle ou un repoussoir, mais les Suédois savent que leur pays n'échappe pas aux bouleversements du monde et aux tracas de l'âme. Désormais les faits divers s'y succèdent, les coups fourrés et les révélations embarrassantes aussi, que l'on pensait inimaginables dans ce cher royaume du Nord.

J'ai couvert l'actualité de la Suède pendant vingt-cinq ans comme correspondant dans les pays nordiques et baltes pour des médias français avant de me lancer dans l'écriture de romans. Cette affaire, pourtant, me semble hors norme. Je n'en reviens pas. Ce silence de gêne et de malice que j'ai ressenti en écoutant Stacey. Quoi, des Suédois capables de telles petitesses ? Un *Game of Thrones* en miniature avec ses clans, ses coups bas, ses tueurs et ses chevaliers, ses rebondissements et ses veuleries, ses enjeux de pouvoir, ses alliances et ses trahisons ?

Moi qui ai tenté de vendre à mes journaux du modèle suédois pendant tant d'années (tout en l'écorchant et en éclairant très régulièrement ses faces cachées), je vois mon monde se retourner contre moi. Soudain, mon château de cartes s'écroule.

Voilà pourquoi je me suis plongé dans cette étrange histoire. Pour essayer de saisir, vingt-cinq ans après mon arrivée dans ce pays, ce que j'ai compris ou non de cet étrange royaume qui m'a accueilli, et que l'on aime, au choix, dénigrer ou encenser.

Avant de poursuivre, je dois déclarer un possible conflit d'intérêts. Lorsque je suis arrivé en Suède, ce n'était pas par attraction pour le pays. C'était pour une Suédoise. Honnêtement, en 1994, l'Europe du Nord constituait un gros trou noir sur ma carte du monde. Alors journaliste à Montpellier, mon horizon se déployait au Moyen-Orient. Je voulais m'installer au Liban. Couvrir depuis Beyrouth une région fascinante de culture et d'enjeux, bouillonnante de conflits et de tensions, que j'avais brièvement découverte pendant la guerre. Et je me suis retrouvé à Stockholm, avec une Suédoise certes, mais dans un royaume neutre, en paix depuis deux cents ans…

En ai-je voulu à mon pays d'accueil d'être si calme et prévisible ? Est-ce la raison pour laquelle je me suis jeté sur la moindre aspérité dépassant de ce modèle en apparence trop lisse ? Après la Laponie, que je découvrirai, au fil des ans, terre de conflits, et où je raconterai à travers mes polars les revers du modèle nordique, l'Académie suédoise m'offre un nouveau champ de bataille.

Au risque de prendre le prétexte de cette pitoyable histoire pour se livrer à un facile Suède-bashing ? J'évoquais un conflit d'intérêts. Une femme suédoise, trois enfants nés en Suède. Ça compte. Ça ne m'a jamais empêché d'écrire ce que j'avais à écrire sur les dessous peu reluisants de ce modèle qui, au nom de l'intérêt collectif, peut se montrer impitoyable avec des individus. Mais ça compte, ça engage. Ça oblige à ne pas se contenter du petit bout de la lorgnette.

C'est pour cela que je vais vous raconter bien plus que cette histoire de Français, et que la chronologie aura finalement peu d'importance. Nous allons l'embrasser par touches. Éclairer tout ça sous des angles multiples. Goûter les boulettes de viande du restaurant des académiciens, voir un chirurgien italien opérer, fouiller les archives à la recherche du prix perdu de Malraux, soulever la pelouse de Vinterviken, assister au comité de rédaction du magazine *Kris*, enquêter sur les Nobel assassinés, mettre son queue-de-pie et compter les lustres. Et voir ce qui émerge.

Voici les principaux acteurs qui vont rebondir au fil des pages de ce drame :

Jean-Claude Arnault, celui par qui le scandale est arrivé, soi-disant photographe, époux d'une académicienne, qui aimait à se présenter comme « le 19e académicien », et passera plutôt à la postérité comme le « Weinstein suédois », celui qui a notamment mis la main aux fesses de la princesse Victoria,

Katarina Frostenson, épouse et défenseuse acharnée du précédent, poétesse adulée, désormais ancienne académicienne, ex-fauteuil 18,

Sara Danius, symbole pour ses partisans de la lutte contre l'oppression patriarcale, professeure adulée, désormais ancienne académicienne et secrétaire perpétuelle, ex-fauteuil 7,

Horace Engdahl, professeur académicien, fauteuil 17, secrétaire perpétuel de 1999 à 2009, très cher ami du couple Arnault-Frostenson,

le roi Carl XVI Gustav, descendant du maréchal d'empire Jean-Baptiste Bernadotte, protecteur de l'Académie, arbitre malgré lui, qui remet médaille et diplôme au lauréat du prix Nobel le 10 décembre.

Une précision tout de suite : ne pas confondre la fondation Nobel et l'Académie suédoise.

La fondation Nobel, sise à Stockholm, veille à ce que l'esprit du testament Nobel soit respecté, gère la marque Nobel et l'argent légué par Alfred Nobel, organise la remise du prix aux lauréats en décembre, signe les chèques aux lauréats des cinq prix (physique, chimie, médecine, littérature, paix).

L'Académie suédoise, également située à Stockholm, s'est bâtie sur le modèle de l'Académie française, par la volonté de Gustav III, roi très francophile assassiné en 1792. Dix-huit académiciens, plus une petite équipe de salariés pour faire tourner la maison, une superbe bibliothèque de 200 000 volumes, et un certain nombre de missions : la défense et la promotion de la langue suédoise, le travail permanent d'élaboration du dictionnaire, l'attribution de subventions à des auteurs, traducteurs, bibliothécaires suédois, de plus d'une quarantaine de prix pour quelque 2,5 millions d'euros par an, sans compter le Graal, le plus prestigieux prix littéraire au monde, le prix Nobel de littérature, même si l'argent de celui-ci, 9 millions de couronnes, soit environ 900 000 euros, ne vient pas de sa caisse, mais de celle de la Fondation.

Mentionnons aussi un certain nombre de personnes que je ne cite pas, mais dont j'ai utilisé les commentaires. Qu'elles me pardonnent. Il s'agit pour la plupart de chroniqueurs, éditorialistes et journalistes travaillant pour les principaux médias du royaume, *Dagens Nyheter*, le quotidien de référence, d'obédience libérale, *Svenska Dagbladet*, *Le Figaro* suédois, *Aftonbladet*, tabloïd proche des sociaux-démocrates, *Expressen*, autre tabloïd, libéral cette fois, *Sveriges Radio* et *Sveriges Television*, les médias de service public. Et quelques autres.

Mais honneur à Alfred Nobel, inventeur de la dynamite, et voyons ce qui explose ce 21 novembre 2017.

3.

Dix-huit femmes

21 novembre 2017. Un mardi. Deux jours avant la réunion hebdomadaire des académiciens suédois. Le 21 novembre, selon l'almanach de l'Académie suédoise, est le jour d'Helga, prénom nordique, forme féminine d'Helge. Par extension, on célèbre aussi les Olga, Elga, Hella, Helle. La Suède luthérienne voit d'un œil sceptique le culte des saints propre aux catholiques, mais célébrer les prénoms, ça ne fait de mal à personne. Ce jour-là, à l'Académie, c'est pourtant un autre prénom féminin qui est sur toutes les lèvres. Matilda (normalement célébré le 14 mars).

Son prénom éclate dans *Dagens Nyheter* (les Suédois disent *DN*). La journaliste Matilda Gustavsson vient d'y publier une enquête choc.

Gros titre : « Dix-huit femmes témoignent : une personnalité importante du monde culturel nous a agressées ».

L'homme, dénommé *kulturprofilen*, a des liens proches avec l'Académie suédoise, et aurait commis plusieurs agressions sexuelles qui se sont déroulées dans des appartements, propriété de l'Académie, à Stockholm et à Paris. Un comportement prédateur, connu depuis longtemps, dit l'article.

Kulturprofilen, c'est donc le surnom donné alors à Jean-Claude Arnault. Traitement de faveur, pourrait-on penser. En principe, les personnes soupçonnées de crime ou délit sont désignées dans la presse suédoise par leur âge. *71-åringen*, celui ou celle de 71 ans. Plus tard, il gagnera sur les réseaux sociaux l'autre surnom de Jean Kladd, du verbe *kladda* (faire des saletés, saloper, tripoter, peloter). D'autres le surnommeront *klådan* (prononcer « claudane »), démangeaison.

Arnault a animé pendant des décennies un club culturel dans le centre de Stockholm, un club qui ne payait pas de mine, mais réunissait la crème de la culture suédoise. L'on y déclamait du Proust en buvant du vin rouge âpre dans des gobelets en plastique au fond d'une salle rugueuse en sous-sol.

Le *DN* du 21 novembre raconte une autre histoire : « Il me tenait dans ses bras et me pelotait, sur tout le corps. J'ai réussi à me dégager et à me lever. » La jeune femme cite ensuite la réaction de *kulturprofilen* : « Avec ton attitude, je veillerai à ce que tu ne restes pas longtemps dans cette branche », puis : « Tu ne sais pas avec qui je suis marié ? »

Les témoignages vont tous dans le même sens. Chronique d'un prédateur.

Dans l'enquête de *DN*, encore, ce récit de « la neuvième femme ». Chacune est ainsi numérotée, la liste s'arrête à 18, à l'égal du nombre d'académiciens, a fait remarquer une commentatrice qui y voyait une forme de dramatisation inutile. La neuvième : « Je voulais vraiment travailler dans la culture et il est venu vers moi lors d'un vernissage. Il était opiniâtre, m'a contactée après coup et je l'ai laissé faire. Je sentais qu'un emploi dans le club serait un plus pour ma carrière. Je me suis rendue à quelques réunions, et au cours de l'une d'elles, il a fait des approches que je n'ai pas aimées. Quand j'ai réagi, il est devenu très agressif. J'ai eu peur de l'offenser, et c'est devenu pire quand j'ai commencé à travailler dans le club. À une occasion, il m'a forcée. Ça s'est passé dans son appartement d'Östermalm. Il m'a violée. J'ai paniqué et dès que j'ai pu sortir dans la rue, j'ai appelé une amie et lui ai raconté ce qui s'était passé. Et j'ai consigné cet épisode dans mon journal personnel, que j'ai toujours. Je me sentais salie et trompée. En fin de compte, j'ai pu rompre les liens avec le club et avec *kulturprofilen*, mais c'était l'enfer. Il appelait tout le temps, me cherchait et me menaçait. J'ai encore peur quand je me rends à Stockholm. Avoir été une de ses jeunes proies est stigmatisant. On est estampillée. J'ai le sentiment que les gens dans le monde de la culture… Tout le monde sait, et tout le monde a su. Mais ils se voilent la face, veulent ignorer l'ampleur du malaise. »

Une autre : « J'ai honte de mon silence et d'avoir été une de celles qu'il a choisies comme victimes, d'être une de ces filles cassées. Il compte sur notre silence et on ne l'a pas démenti. Je me souviens d'une interview où son ami, un membre de l'Académie suédoise qui était avec lui à Paris, encensait *kulturprofilen* qu'il décrivait comme son idole, comme un vrai homme. J'en ai eu la nausée pendant plusieurs jours. »

Jean-Claude Arnault a toujours nié ces accusations.

Ce jour-là encore, le 21 novembre 2017, Sara Danius, fauteuil 7 et secrétaire perpétuelle de l'Académie suédoise, sert le petit-déjeuner à son fils et puis part pour une réunion à la fondation Nobel.

En marchant, elle reçoit un texto de son assistante qui lui conseille de lire *DN*. Elle se réfugie dans une galerie commerciale, au chaud, et découvre l'article sur son téléphone. Sara Danius n'est pas du genre à s'épancher. Quand elle raconte cet épisode à la radio, elle adopte une voix froide, factuelle, détachée. L'article allait pourtant l'entraîner dans une spirale insensée. Elle encaisse les accusations contre le gérant de ce club qu'elle connaît bien. « Activités sérieuses », « haute qualité ». « J'y ai moi-même fait des conférences. » Plus tard, elle avouera que *kulturprofilen* avait eu un comportement « inapproprié » envers elle. Elle lit l'article jusqu'au bout. « Ça parlait de menace, de peur, de violence. » Sara Danius réalise aussitôt : « Le mouvement #MeToo frappait à la porte de l'Académie suédoise. »

L'impact est immédiat. Le jour même, Katarina Frostenson, fauteuil 18, poétesse de premier plan et épouse de *kulturprofilen*, écrit aux académiciens pour leur demander qu'elle et son mari puissent venir s'expliquer devant eux. Elle revient toutefois sur cette proposition, après que Sara Danius lui a dit que lorsque l'Académie discuterait de son mari, elle devrait se retirer de la salle. Aucun des académiciens ne trouve à y redire. La poétesse ne se montrera pas.

Le bras de fer démarre. Cependant rien ne filtre.

Beaucoup de choses ne seront connues du public que des semaines, voire des mois plus tard. Mais dès les premières heures, dans le secret de l'une des institutions les plus opaques de l'un des pays les plus transparents de la planète, le fossé est déjà infranchissable. Personne ne le réalise encore.

Dans les jours qui suivent, la mécanique se met en place.

La fondation Nobel, organisatrice des cérémonies de décembre, et qui accessoirement signe le chèque des différents prix Nobel, décrète aussitôt que *kulturprofilen* ne sera pas le bienvenu, deux semaines plus tard, au traditionnel banquet Nobel du 10 décembre – date anniversaire de la mort d'Alfred Nobel – auquel Arnault a participé par le passé au bras de son épouse.

La ministre verte de la Culture et de la Démocratie, qui a élevé deux ans plus tôt Arnault au rang de chevalier de l'ordre royal de l'Étoile polaire, se mord les doigts. Elle laisse entendre que c'est le ministère des Affaires étrangères qui avait préparé le dossier, qu'elle voudrait maintenant retirer la médaille à *kulturprofilen*, mais que ça paraît compliqué, voire impossible. Embarrassant, mais pour l'instant, on est toujours dans une gestion de crise supportable. Jusque-là, tout semble encore contrôlable.

En première ligne, la secrétaire perpétuelle Sara Danius diligente une enquête confiée à un cabinet d'avocats. Mandat large. Faire toute la lumière. Il faut couper tous les liens, immédiatement, avec Arnault. Tout le monde est d'accord. L'académicien Horace Engdahl, secrétaire perpétuel entre 1999 et 2009, qui dans quelques semaines va devenir le pire ennemi de Sara Danius, envoie un texto élogieux à sa collègue. Il la félicite pour son communiqué de presse, pour les mesures prises. « Tu as mené cela de main de maître. » Le message est du 23 novembre. Ces deux-là l'ignorent, mais ils vivent leurs dernières semaines d'idylle.

23 novembre, un jeudi. Nous l'appellerons l'Acte 1 de cette histoire.

Pourtant, il se passe quelque chose. Ça dérape. En coulisse. Je l'apprendrai plus tard de la bouche même d'un académicien qui œuvrait alors comme directeur de l'Académie, Anders Olsson.

« Quand l'affaire éclate, Sara Danius fait passer un communiqué qui donne une vision erronée de ce qui s'est passé au sein de l'Académie, indiquant par exemple qu'il y avait eu du harcèlement sexuel au sein de l'institution même, dont avaient été victimes du personnel, des proches. L'enquête du cabinet d'avocats montrera que rien de tel n'est arrivé. J'ai voulu que ce soit corrigé, mais Sara Danius a refusé. Ça a été la racine du problème avec elle. »

4.

Boules noires, boules blanches

Lorsque Gustav III crée l'Académie suédoise sur le modèle de la française en 1786, il veut qu'y soient représentés des écrivains lettrés, des savants et des messieurs, sous-entendu des hommes de haute extraction. Ces trois groupes devaient s'équilibrer en respectant le slogan de l'Académie, *snille och smak*, le talent et le bon goût, dans la traduction d'époque.

Équilibre ? Les trois groupes d'origine ont changé de nature : il y a désormais la *team* Engdahl, la *team* Danius, et ceux, indécis, perdus dans ce combat qui les dépasse. Dans ce combat-là, tout est histoire de boules noires et de boules blanches.

Fin mars, un vote. Nous sommes projetés à l'Acte 18, le 18ᵉ jeudi après les révélations. Le 22 mars. Après la longue trêve de Noël.

Les académiciens doivent voter pour savoir si Katarina Frostenson doit être ou non exclue de l'institution. Boule noire pour qu'elle parte, boule blanche pour qu'elle reste.

La question n'a rien d'anodin. Car on ne démissionne pas de l'Académie. On renonce simplement à participer au travail qui incombe à l'académicien : élaboration du dictionnaire, attribution de subventions et de prix à toutes sortes d'écrivains ou traducteurs, et bien sûr, choix du Nobel. Lors de l'affaire Rushdie en 1989, plusieurs académiciens avaient ainsi boudé l'institution au prétexte que l'Académie n'avait pas condamné la fatwa pesant sur l'écrivain. Leurs fauteuils sont restés inoccupés depuis, officiellement vacants.

Une fois dans son histoire, l'Académie a exclu un membre, en 1794, deux ans après l'assassinat de Gustav III, fondateur de l'institution. Un académicien condamné à mort pour conspiration a été exclu par contumace. L'exclusion de Katarina Frostenson signifierait une punition extrajudiciaire sans précédent, dans un contexte de débat intense quelques jours après le suicide du directeur de théâtre Benny Fredriksson, le 17 mars 2018, qui n'avait pas supporté les accusations sur son comportement supposé vis-à-vis de collaborateurs. Les défenseurs de Katarina Frostenson mettent en garde leurs collègues, brandissant l'exemple de Benny Fredriksson. La tension est à son comble.

À ce moment-là, les académiciens ont entre les mains les conclusions de l'enquête du cabinet d'avocats. Dans un monde normal, les immortels auraient lu ce rapport et adopté la seule attitude possible : tout transférer à la police. À partir de là, on aurait laissé les autorités décider, après examen de l'aspect fiscal par exemple, puisque la gestion du club dont son mari s'occupait, Forum, laissait largement à désirer. Et en cas de verdict à charge, il aurait été possible d'exclure l'académicienne. L'affaire aurait continué pendant ce temps, cela aurait très pénible, mais gérable, car il y aurait eu un protocole à suivre. C'est ce que pensent les Suédois avec qui j'en parle.

Mais l'on ignore alors, de l'extérieur, que deux clans irréconciliables s'affrontent au sein de l'Académie. Certains en veulent à Sara Danius d'avoir donné une image erronée de la situation, en disant que des agressions sexuelles avaient eu lieu dans l'enceinte même de l'Académie. D'autres exigent l'exclusion de Katarina Frostenson, qui s'acharne à défendre son mari et l'a suivi dans son exil en France.

Boules noires, boules blanches.

Résultat : six noires contre huit blanches. Face à Horace Engdahl qui mène la défense du couple Arnault/Frostenson, on trouve Sara Danius et d'autres académiciens qui vont bientôt faire éclater la bulle.

Et d'un coup, à l'issue du vote, tous les regards se tournent vers Horace Engdahl, l'un des intellectuels les plus brillants du royaume. Celui qui désormais, pour le grand public, a fait déraper l'affaire. Celui qui, après avoir soutenu les premières décisions de Sara Danius, a changé radicalement d'attitude. Que s'est-il passé pendant la trêve de Noël, entre les premières mesures qui vont dans le bon sens et ce vote surprise qui plonge l'Académie dans une crise que personne ne s'explique ? Comment décrypter ce revirement d'Horace Engdahl ? Toutes les personnes à qui je poserai la question me répondront d'un même regard d'incompréhension, et avanceront, sous couvert d'anonymat, cette idée que suggèrent aussi des journaux : Jean-Claude Arnault doit tenir Horace Engdahl d'une manière ou d'une autre. Pure spéculation, que rien ne viendra étayer. Mais Stockholm, ce printemps-là, bruisse de cette rumeur tenace qui semble la seule vérité acceptable, rationnelle.

À la surprise générale, donc, l'Académie décide que la poétesse Katarina Frostenson peut rester à l'Académie, et que l'enquête du cabinet d'avocats ne sera pas remise à la police. On étouffe. La transparence suédoise ? Balayée. C'est bon pour les autres. Engdahl envoie en l'air tout le processus en cours de sa propre initiative. Il peut le faire, car il est entouré d'académiciens faibles qui ne se sont pas opposés à lui, ou étaient d'accord. Seul, il réduit à néant la possibilité de résoudre cette crise d'une façon acceptable et en fait une catastrophe absolue.

Un retournement de situation, un vote pivot. Gravé dans le marbre. Qui creuse définitivement le fossé entre les deux camps. Une guerre des tranchées démarre. Épuisante, cruelle. Pas de quartiers. Sara Danius, la grande perdante du vote, s'étranglerait presque si elle n'attachait pas tant d'importance à son allure. Frostenson devrait rester en place ? Comme si rien ne s'était passé ? Comme si son mari n'était pas son mari ? Sara Danius y voit un terrible signal : il peut se passer n'importe quoi, on peut enfreindre les règles, rien n'arrivera. Pas de sanction. Impunité totale.

Cette guerre fait rage, notamment par médias interposés, entre phalanges qui dépêchent leurs porte-flingues. Stina Otterberg, écrivain et compagne d'Horace Engdahl, loue dans la presse la sage décision de l'Académie : « La majorité s'est décidée à ne pas céder à une culture de la dénonciation et à ne pas se transformer en une instance qui accuse et juge. Mais la puissance des boules noires est indéniablement forte. Nous nous trouvons depuis une semaine sous une pluie de boules noires qui a attiré l'attention de la presse internationale et cause de graves dommages à la Suède et nous ridiculise. »

S'ensuit un mois très spécial, une séquence explosive, que le dynamiteur Alfred Nobel n'aurait pas reniée si son nom n'avait été éclaboussé dans la foulée. Cette séquence très spéciale, dont le prologue était ce vote surprise, démarre le vendredi 6 avril 2018, lendemain du jeudi 5 avril, soit l'Acte 20.

Ce vendredi, trois académiciens annoncent à quelques heures d'intervalle, chacun par le biais d'un communiqué ou d'une interview dans les trois principaux quotidiens du royaume, qu'ils ont décidé de ne plus participer aux travaux de l'Académie. Chorégraphie parfaite, effet dévastateur garanti, impact maximum. Les gardiens de l'esprit du temple face à la petitesse, au calcul, à l'entre-soi, à la bassesse. On ne fait plus semblant. À partir de là, tout va s'étaler sur la place publique. La réserve, la pudeur, tout éclate.

Kjell Espmark, fauteuil 16, qui dans les années 1980 avait œuvré à ce que Horace Engdahl devienne docteur en philosophie, se sent obligé de rappeler dans *DN* que l'intégrité est l'élément vital de l'Académie. Que des voix qui font autorité au sein de l'Académie placent l'amitié avant cette exigence d'intégrité lui est insupportable. Il claque la porte.

Klas Östergren, fauteuil 11, dont une grande partie des écrits porte soit sur la confrontation entre l'individu et des groupes nébuleux soit sur la corruption au sommet de la société, évoque dans *Svenska Dagbladet* d'obscures considérations passées avant le règlement. Les mots sont durs. Les fondateurs sont trahis. Tout comme l'esprit même de la mission, censée représenter le génie et le goût. Il claque la porte.

Peter Englund, fauteuil 10, historien, secrétaire perpétuel de l'Académie entre 2009 et 2015, enfonce le clou dans *Aftonbladet.* Les divergences d'opinions à propos de l'enquête du cabinet d'avocats concernant *kulturprofilen* sont à l'origine de sa décision. Là encore, on a trop tenu compte des individus et trop peu du règlement. Une décision qu'il ne peut pas défendre. Il claque la porte.

Le lendemain de cette triple déflagration, on découvre dans la presse les grandes lignes de l'enquête réalisée par le cabinet d'avocats, lequel a conseillé à l'Académie de porter plainte auprès de la police pour faire toute la lumière sur les irrégularités commises par Jean-Claude Arnault dans la gestion de son club, Forum, qu'il s'agisse de fraude fiscale, de comptabilité opaque ou de vente illégale d'alcool. On y apprend aussi que Katarina Frostenson possède la moitié des parts de Forum dirigé par son mari, ce même club qui a reçu depuis des années des subventions de l'Académie. Conflit d'intérêts en principe proscrit par l'institution, qui n'a pas le droit de décerner de subventions à ses membres. On apprend encore que *kulturprofilen* a révélé à des proches les noms de sept lauréats, bien avant l'annonce officielle, le premier dès 1996 : Wislawa Szymborska (1996), suivi d'Elfriede Jelinek (2004), Harold Pinter (2005), Jean-Marie Gustave Le Clézio (2008), Patrick Modiano (2014), Svetlana Aleksievitch (2015) et Bob Dylan (2016).

Je me suis rappelé d'une affaire de fuite qui avait été examinée par la justice, lorsque le prix avait été attribué au poète suédois Tomas Tranströmer. C'était en 2011. Apparemment, Arnault n'était pas dans le coup. Le soupçon était né quand la cote du poète était passée de 14 à 1,66 fois la mise vers midi, une heure avant l'annonce, auprès du site de jeu et de pari en ligne Ladbrokes, ce qui indiquait que plusieurs personnes avaient soudainement misé sur Tomas Tranströmer. On avait estimé le gain possible à 1 500 euros. « Un employé risquerait le licenciement immédiat et l'opprobre, un académicien l'exclusion et une opprobre plus grande encore. Quelqu'un serait-il assez idiot pour prendre un tel risque ? » s'était interrogé le secrétaire perpétuel de l'époque. La justice avait classé l'affaire.

En 2008, une année où Arnault a ébruité l'information – mais était-il le seul ? – lors de l'attribution du prix à Jean-Marie Le Clézio, de tels soupçons avaient déjà ébranlé le landernau. Le site Ladbrokes avait suspendu les paris. L'Académie suédoise avait entamé une enquête, en vain, mais choisi de resserrer les procédures.

L'enquête du cabinet d'avocats conclut en tout cas que Jean-Claude Arnault n'a pas eu d'influence sur le travail relatif aux prix décernés par l'Académie et que les académiciens n'étaient pas au courant des faits très graves reprochés à Arnault dans l'article de *DN*. En revanche, presque tout le monde avait entendu parler, voire assisté à des comportements inappropriés ou d'intimité non souhaitée.

Horace Engdahl réplique le 10 avril dans le quatrième grand quotidien suédois, *Expressen*, en publiant une chronique assassine à l'égard de ces trois dissidents qui claquent la porte, mais gardent la clef, au cas où… « Nous avons affaire à une clique de mauvais perdants, qui en outre ne veulent pas lâcher leur cher fauteuil d'académicien. Toute cette histoire est une farce. » Et plus loin : « La secrétaire perpétuelle mobilise sa troupe pour s'accrocher à sa position. Il est difficile de savoir quoi entreprendre dans une telle situation. Je suis terrifié par la brutalité du conflit en cours. » Ce qui n'empêche pas Engdahl, quelques lignes plus loin, d'exécuter publiquement Sara Danius, l'accusant d'être le pire secrétaire perpétuel depuis la création de l'Académie en 1786. Rien de moins.

Kjell Espmark, ancien mentor d'Horace Engdahl, réagit aussitôt. Il considère l'article de son ex-protégé comme « le plus faux et le plus infâme » qu'il n'ait jamais lu de sa vie. Dès lors, c'est la guerre ouverte entre deux clans. Toutes les digues de la retenue rompent. Les Suédois, estomaqués, assistent à des règlements de comptes impensables entre ceux qui se veulent les gardiens du goût et de l'intelligence.

Acte 21. Jeudi 12 avril. Au dernier moment, un point est rajouté à l'ordre du jour de la réunion de l'Académie par celui qui fait office de directeur, Anders Olsson, lequel a voté avec le courant Engdahl dans le passé. Un vote de confiance sur la secrétaire perpétuelle, Sara Danius. Suivant le point de vue, une question de routine. Ou une tentative de putsch.

Sara Danius ne fait pas l'unanimité. En interne, certains contestent ses méthodes énergiques pour arriver à ses fins. Horace Engdahl l'a surnommée l'inquisitrice. Katarina Frostenson qualifie le comportement de Sara Danius à son égard de despotique et menaçant.

Sara Stridsberg, une jeune académicienne proche de Sara Danius, raconte les coulisses du vote : le deal était que Katarina Frostenson abandonne le travail au sein de l'Académie, mais non sa place, si Sara Danius renonçait à être secrétaire perpétuelle. La jeune femme dit avoir pleuré lors de cette rencontre.

Un marchandage que balayent les opposants à Sara Danius. Ce vote n'est, pour eux, que l'expression de l'incapacité de Sara Danius à diriger le groupe.

Le roi, apprend-on plus tard, aurait fortement suggéré une telle décision. Information aussitôt démentie par la Cour. Les Suédois se noient dans ces vagues d'intox, de petites phrases, de règlements de comptes, se pincent, d'autant que la tempête déclenchée par les accusations portées contre Arnault a révélé un anachronisme ô combien embarrassant pour des Suédois qui se voient comme un peuple éminemment moderne et progressiste : au-delà des actes commis par Arnault, qui relèvent de la justice ou de la morale selon l'issue, le comportement des académiciens fait exploser au grand jour une réminiscence d'un passé avec lequel les Suédois pensaient avoir rompu, l'Académie se révélait une assemblée secrète, totalement opaque, richissime, aux pouvoirs discrétionnaires, n'ayant de comptes à rendre à personne. Une insupportable verrue fossilisée de l'Ancien Régime, la dernière survivance d'un monde honni et honteux.

Dans le même temps commencent à fleurir sur les réseaux sociaux les hashtags #backasara, #teamsara et #knytblusförsara (blouse à nœud lavallière pour Sara).

5.

La révolte des lavallières

Dans la très féministe Suède, des dizaines de milliers de femmes de différentes professions ont massivement relayé le mouvement #MeToo, y allant de leur hashtag par profession. #vardeljus (#quelalumièresoit) rassemble par exemple 1 382 employées et femmes pasteurs de l'Église luthérienne suédoise. Les initiatives se multiplient, au gré des hashtags par métiers : 456 actrices, plus de 4 000 journalistes, 1 730 employées de la Défense, 4 627 du secteur du bâtiment, 653 chanteuses, 620 danseuses, 4 445 juristes, 3 853 enseignantes, plus de 8 000 lycéennes, quelque 1 300 politiciennes, la palme revenant au secteur médical avec 10 400 médecins et étudiantes signataires.

Deux jours avant la publication des agressions sexuelles d'Arnault, un gala avait rassemblé dans un théâtre de Stockholm les actrices venues partager sur scène les récits des agressions dont elles avaient été victimes. À la surprise générale, la reine Silvia et la princesse héritière Victoria s'étaient trouvées au milieu du public afin d'exprimer leur soutien au mouvement.

Dans ce contexte explosif, la féministe Sara Danius doit quitter l'Académie, après qu'une majorité des académiciens restants a déclaré qu'elle n'avait plus leur confiance en tant que secrétaire perpétuelle. Quelques heures plus tard, on apprend que Katarina Frostenson abandonne non ses fonctions mais son travail pour l'Académie. On découvrira longtemps après les détails de ce qui a été un funeste marchandage. Œil pour œil, femme pour femme. Chaque camp a sacrifié sa reine.

Dans l'opinion, c'est la goutte d'eau qui fait déborder le vase. Le 19 avril 2018, des milliers de manifestants se rassemblent sur la grande place du centre historique de Stockholm, devant le bâtiment que l'Académie occupe depuis 1921, pour une manif en lavallière.

Sur Twitter, en légende d'une photo de Sara Danius, secrétaire perpétuelle désavouée, et de Sara Stridsberg, l'académicienne qui a pleuré son amie, une chroniqueuse détourne la devise de l'Académie, *Snille och smak,* en *Snille och skam.* « Le génie et le goût » se transforme en « Le génie et la honte ». Les génies sont sur la photo, écrit la chroniqueuse. Ceux qui restent sont la honte.

Dans la presse suédoise, les critiques sont unanimes : l'Académie suédoise est devenue le symbole de la tyrannie patriarcale, une caricature grossière de la Suède que certains semblent malheureusement considérer comme parfaitement acceptable au prétexte qu'elle émane d'une institution d'élite ancestrale.

Quand, après l'avoir désavouée comme secrétaire perpétuelle, se pose la question du retour de Sara Danius sur les bancs de l'Académie pour au moins participer à ses tâches comme simple académicienne, son collègue le sinologue Göran Malmqvist y oppose un définitif « nous ne voulons pas qu'elle revienne ». Elle a fait ce qu'elle a pu à ce poste, et ce n'est pas ce qu'elle a fait de mieux. Il ne veut même pas en parler, dit-il, tant ça le fiche en colère.

La presse évoque le véritable culte qui s'est créé autour de Sara Danius, et la décrit s'avançant majestueusement telle une reine, héroïne féministe adorée par ses fans. On dit aussi que ses méthodes sont contestées. Mais le seraient-elles émanant d'un homme ? Le débat fait rage, à la suédoise. Jusqu'où ira-t-on ? Au milieu de cette mélasse, certains commencent à chercher un début de sortie de crise.

Quelques semaines après avoir claqué la porte de l'Académie et s'être mis en veille de ses activités, les trois académiciens concernés se déclarent prêts à contribuer à la reconstruction de l'institution. Le premier pas, c'est de nommer à nouveau un juriste au fauteuil 1. Une condition impérieuse, exige un académicien, est toutefois que l'inlassable soutien de *kulturprofilen*, Horace Engdahl, quitte l'Académie. Sinon, quel avenir l'institution pourrait-elle avoir ?

Réponse du susnommé : « Je ne suis pas intéressé par les activités accessoires de ces dissidents. »

Et ainsi de suite. On parle de corruption d'amitié, de tentatives de passer sous silence des crimes graves, de violation contre les règles de conflits d'intérêts, de valeurs machistes rances et d'excès d'arrogance.

Kjell Espmark, l'un des trois dissidents, déclare en retour à propos d'Engdahl qu'il ne reste aucune trace d'honneur chez cet homme.

La manifestation du 19 avril rassemble plusieurs milliers de participants et, c'est très spectaculaire, la plupart portent une chemise lavallière. Des ministres en lavallière diffusent des selfies sur les réseaux sociaux, à l'instar de la ministre verte de la Culture et de la Démocratie, celle-là même qui avait décoré Arnault de l'ordre de l'Étoile polaire. Des pancartes donnent le ton : « Écrasons le patriarcat », « Ensemble nous faisons la différence », « Les sœurs vous surveillent », etc.

C'est une expression de la défiance envers l'élite. Une révolte sans gilets, mais une révolte quand même. Le nœud lavallière en place du gilet jaune.

La Suède et le féminisme, une longue histoire.

En 1999, j'écrivais un article pour *Libération* sur la violence anti-femmes, un thème qui revenait en boucle dans le débat suédois. Vingt femmes assassinées dans l'année, à rapprocher des vingt mille agressions de femmes qui faisaient l'objet de plaintes auprès de la police. Je citais Margareta Winberg, ministre sociale-démocrate de l'Égalité (et de l'Agriculture), qui avait déclenché une belle polémique en déclarant que les hommes « devraient sentir une culpabilité collective » pour tous les crimes commis par d'autres hommes.

Je me souviens de ma réaction, alors que je commençais à mieux décrypter la presse en suédois, observant le paradoxe de Tocqueville : ce débat radical avait lieu dans un pays qui passait pour le plus égalitaire de la planète. Les femmes y étaient le plus représentées au parlement, elles étaient majoritaires au gouvernement. Il ne se passait pas un jour sans que la presse n'aborde d'une manière ou d'une autre un aspect de l'(in)égalité entre hommes et femmes ou ne traite un sujet à travers ce filtre.

Ce qui n'empêchait pas quelques bizarreries. 75 % des femmes travaillaient, mais souvent à temps partiel, et elles étaient moins bien représentées à haut niveau dans le privé qu'en France. Le gouvernement ne se gênait cependant pas pour utiliser cette image égalitaire de la Suède.

Paradoxale Suède, citée en exemple à l'étranger, où la plupart des partis et des hommes politiques, Premier ministre compris, se déclarent publiquement féministes, mais où l'on trouve les féministes les plus enragées. Dans l'un des nombreux reportages que j'avais réalisés, j'avais interrogé une Suédoise qui avait connu la grande époque des années 1970, la vague d'espoir, pour reprendre ses mots, amenant des crèches, du travail, l'indépendance financière. Elle et ses amies avaient presque toutes divorcé à l'époque, se rappelait-elle. Mais elles s'attendaient à plus. Violences, salaires, arrêts-maladie, les féministes suédoises des années 1970 n'imaginaient pas lire de tels cahiers de doléances dans la Suède d'aujourd'hui. Et elles sont d'autant plus hargneuses qu'elles savent qu'à l'étranger, le mythe de l'égalité suédoise se vend très bien.

La Suède, un pays égalitaire ? C'est une illusion, d'après la responsable d'un réseau d'accueil de femmes en difficulté, pour qui on parlera d'égalité le jour où une femme qui aura bu trois verres de vin un samedi soir pourra rentrer chez elle sans avoir peur d'être considérée comme une proie facile. Ce n'est pas le cas aujourd'hui en Suède. Les femmes tuées et les différences de salaires (les hommes gagnent toujours 20 % de plus que les femmes en moyenne) sont deux expressions d'une même oppression. Les Suédois croient qu'ils sont égaux. Alors, quand on leur dit qu'ils ne le sont pas, le débat se durcit.

Ce qui frappe vingt ans plus tard, c'est que rien ou presque n'a changé. Seule différence : l'égalité hommes femmes n'est plus traitée de façon aussi systématique dans la presse. L'écologie a pris le dessus pendant un moment, puis l'immigration. Comme si seul un thème devait dominer le débat.

Les chemises à nœud lavallière…

Sara Danius aime qu'on la remarque. Elle ne déteste pas provoquer. Pince-sans-rire. Digne. Droite dans ses bottes. À l'université Södertorn de Stockholm, bastion progressiste, on la voit déambuler avec le chemisier favori de Margaret Thatcher, le fameux chemisier à lavallière. « Une blague ! » À Södertörn, le code vestimentaire est strict : il faut montrer, par ses vêtements, qu'on se fiche totalement des fringues. « Avec mon chemisier, bien sûr, j'attirais l'attention, on se retournait sur moi », a raconté l'intéressée. Le chemisier, en lui-même, portait la marque du conservatisme honni. Mais Sara Danius y apportait sa patte par le choix des couleurs et des motifs. Elle est comme ça. Lorsqu'elle est nommée à l'Académie en 2013 au fauteuil 7, le code vestimentaire est tout aussi strict et traditionnel. Elle continue avec ses blouses.

Sara Danius est historienne de la littérature, professeure invitée aux États-Unis et en Allemagne, férue de Proust, et première femme à endosser le rôle de secrétaire perpétuelle de l'Académie suédoise, deux ans seulement après y être entrée. Signes particuliers : a suivi une formation de croupière, participe à des défilés de mode en affichant évidemment des blouses à nœud lavallière dessinées par ses soins. Exemple : une blouse noire dont les motifs rouges sont le symbole de la femme et avec laquelle elle défilera à l'occasion de la Fashion Week de Stockholm, en pleine crise de l'Académie.

Sara Danius utilise les armes à sa disposition. Qu'il s'agisse de son goût pour le style ou de ses contacts. En ces jours d'avril 2018, elle invite l'auteure de polars

Camilla Läckberg à une cérémonie de remise de prix de l'Académie suédoise. Läckberg est une personnalité active sur les réseaux sociaux, qui ne cache pas son admiration pour la « moderne » Sara et son dégoût pour Horace, « avec son pantalon sur les talons, son côté mesquin démasqué, un vieux râleur, qui soutient un porc jusqu'à l'absurdité ». Elle encourage ses 200 000 followers à écrire à la fondation Nobel afin qu'elle empêche l'Académie suédoise de décerner le prix de littérature en 2019. Selon l'écrivaine de polars, l'honneur de l'Académie ne sera retrouvé que lorsque tout le monde aura démissionné, un argument de Sara. Spécialement Horace Engdahl, insiste l'auteure à succès.

6.

Demain, ce sera rigolo

Les claquements de porte se poursuivent à l'Académie, agrémentés de déclarations où l'aigreur et le dépit assomment les Suédois, effarés par ce spectacle de télé-réalité.

Des centaines de chercheurs signent une pétition disant en substance que l'Académie a perdu sa légitimité. Après la manifestation des lavallières, plus rien ne semble pouvoir enrayer la crise. Les jeudis et les actes se succèdent, jusqu'à ce 3 mai au soir, crépuscule de l'Acte 24. Le suspense est savamment entretenu. Per Wästberg, fauteuil 12, vétéran de l'Académie, à la tête du comité restreint qui travaille sur le choix du prix Nobel de littérature, se dit satisfait. Une décision a été prise. À l'unanimité. Un communiqué de presse est annoncé pour le lendemain matin.

Le comité Nobel de l'Académie est alors dans la phase où il ne reste que cinq candidats au titre de prix Nobel 2018, précise Kristina Lugn, fauteuil 14. « Si nous n'allons pas au bout du processus, lance-t-elle, j'estime que nous devrons tous démissionner. »

Göran Malmqvist, fauteuil 5, ne peut s'empêcher ce petit commentaire : « Aujourd'hui, on la ferme, mais demain, ce sera rigolo. »

À l'Académie suédoise, on aime rire. Certains explosent même de rire, à gorge déployée. Mais dans une explosion, ce n'est pas toujours l'impact lui-même qui est le plus dévastateur.

Guerre ouverte. *Team* Engdahl contre *team* Danius. Horace Engdahl, celui qui avait écrit à Sara Danius pour la féliciter de sa gestion des premiers jours de la crise, est désormais son pire ennemi. Lui, le brillant intellectuel, se transforme en rempart d'acier pour protéger Jean-Claude Arnault et Katarina Frostenson, entraînant derrière son étendard une bonne partie des académiciens. Engdahl joue son honneur pour défendre contre tout entendement *kulturprofilen* et son épouse. Il est montré du doigt comme le *bad guy* de l'histoire. Les journalistes seront plus tard quelques-uns à battre leur coulpe, prenant a contrario la défense d'Engdahl, qu'ils avaient traité de porc ou de nullité intellectuelle.

L'alerte la plus assourdissante provient du Danemark, qui ne manque jamais de régler ses comptes avec la Suède depuis que Stockholm critique durement la politique anti-immigrés de Copenhague. Marianne Stidsen, académicienne danoise, met en garde contre une révolte populiste de gauche qui menacerait l'Académie suédoise, à l'instar de ce qui se passe, selon elle, dans le monde occidental.

Quand une majorité d'académiciens – principalement des hommes – ne veut pas exclure Frostenson, c'est parce qu'ils refusent que leur décision soit dictée par la presse ou le tribunal du peuple. C'est le cœur du conflit, selon la Danoise, pour qui l'important est de savoir si l'Académie va surfer sur la vague populiste actuelle, avec Sara Danius comme icône de ce nouveau populisme de gauche.

Détruire une institution comme l'Académie suédoise, et étouffer toute tentative de discussion critique ou de désaccord, relève de cette logique, conclut l'académicienne.

Horace Engdahl serait-il devenu le dernier défenseur d'une Suède d'avant la poussée féministe ?

Le jeudi 3 mai 2018, donc, la réunion a lieu dans l'immeuble de Börshuset, la Maison de la bourse, dont l'Académie occupe les étages supérieurs depuis un siècle. Comme tous les jeudis soir, après leur séance de travail, les académiciens se dirigent à pied vers le restaurant Den Gyldene Freden. Trois cents mètres à pied en descendant Svartmangatan, la rue des hommes en noir, souvenir des dominicains, quand la Suède était encore catholique.

La sortie de leur réunion est immortalisée par un photographe qui a passé la journée à les attendre sous la pluie. Ses clichés paraissent le lendemain dans *DN*. L'un d'eux va devenir aussitôt un classique. On y voit deux académiciens, l'écrivaine Kristina Lugn, fauteuil 14, et Horace Engdahl, ce dernier éclatant de rire, buste renversé en arrière. On aperçoit aussi deux journalistes, micros tendus.

Le rire énorme, libératoire, magnifique, d'Horace Engdahl.

Que s'est-il passé ?

L'enregistrement d'un des journalistes présents explique l'image.

« Tu as dit que vous devriez tous démissionner si vous n'arriviez pas à… » (on n'entend mal ce qui se dit, peut-être "vous mettre d'accord", ou "faire la lumière", quelque chose dans ce sens en tout cas), demande le reporter à l'académicienne qui éclate de rire. – Mais c'était une plaisanterie ! »

Horace Engdahl rit à son tour, d'un rire entier, large, explosif. Il rejette la tête en arrière, le buste suit, sa poitrine rit aussi. Jamais l'expression « à gorge déployée » n'aura été mieux illustrée. Il réplique : « Mais qu'est-ce que tu as fait, Kristina ? Tout ça va… »

Kristina reprend, ne laissant pas Horace finir sa phrase. Elle insiste : « Non, mais c'était une plaisanterie ! »

Oui ce soir-là, on a bien ri.

Le rituel. Jeudi, la rencontre. Vendredi, l'annonce. C'est important les rituels, quand le monde s'écroule autour de vous. Cela donne l'impression que tout est encore en ordre, que l'on garde le contrôle. Cette fois-ci encore, le rituel est respecté. L'Académie publie sur son site internet le communiqué suivant : elle reporte le prix Nobel de littérature 2018. Reporte, n'annule pas.

Le texte précise que le prix 2018 sera annoncé en même temps que le prix 2019, à l'automne suivant. Raisons invoquées : le nombre réduit d'académiciens et la confiance envers l'Académie suédoise au plus bas. Bas à un point alarmant, précisera le secrétaire perpétuel.

Les académiciens font preuve d'un bel optimisme. Pour reporter le prix 2018 à l'automne 2019, encore faut-il que l'Académie soit en état de marche. Or la descente aux enfers n'en est qu'à ses débuts. Dans les semaines et mois qui vont suivre, il deviendra évident qu'il n'est même pas sûr que l'Académie soit en situation de décerner un prix Nobel de littérature en 2019.

Dans un communiqué précédent, l'Académie avait admis que la renommée du prix Nobel de littérature avait gravement souffert de la publicité faite autour de cette crise. Quel culot sans pareil, s'était insurgé un éditorialiste. C'est le comportement scandaleux de l'Académie qui a porté atteinte à la réputation du prix Nobel, rien d'autre.

DN raconte les coulisses de cette décision : même si officiellement on parle de dialogue, c'est la fondation Nobel qui a forcé la main de l'Académie suédoise et l'a obligée à annoncer le report du prix, tant la confiance en l'Académie était abîmée, y compris à l'international. Mais l'annonce est faite par l'Académie, pas par la Fondation. Sauver la face, un moment au moins.

Sept fois auparavant, le prix n'a pas été décerné dans l'année, mais l'année suivante faute de candidat digne de ce nom. Romain Rolland, par exemple, officiellement prix Nobel de littérature 1915, se vit en réalité décerner le prix un an plus tard, à l'automne 1916, en même temps que le lauréat estampillé 1916, Carl Gustaf Verner von Heidenstam. Idem pour les lauréats 1919, 1926, 1927, 1928, 1937, 1949.

À sept reprises également, le prix a tout simplement été annulé, en 1914, 1918, 1935, 1940, 1941, 1942 et 1943. Des années de guerre pour la plupart. Là apparaît le point de tension, celui qui va agiter le microcosme : une année « sans », on se demande bien sûr ce qu'il s'est passé. On braque les projecteurs. On s'interroge. Pas de lauréat, la production littéraire du milieu des années 1920 était-elle si médiocre ? Même certaines années de guerre, on a décerné le prix. Et 2018 ? Pas de guerre, alors quoi ?

Les critiques pleuvent. Une seule mission rend l'Académie unique : décerner le prix Nobel de littérature. Y renoncer revient à laisser le naufrage actuel marquer le prix pour toujours.

À Stockholm et dans le reste du monde, l'impact de l'annonce est immédiat et massif.

Certains saluent la décision, tant l'image du Nobel est écornée. Un ancien rédacteur en chef des pages culture du quotidien allemand *Süddeutsche Zeitung* a parlé des académiciens comme d'un tas de petits notables de province prétentieux tandis qu'un journal italien évoquait *Il porco del Nobel*, le porc du Nobel.

Qui voudrait accepter le prix Nobel de littérature de la part d'un groupe amoindri, déchiré et profondément discrédité ? s'interroge un critique littéraire américain.

Un argument qui amuse Göran Greider, poète et rédacteur en chef du *Dala-Demokraten*. Il dénote à ses yeux une vision idéaliste, presque touchante des écrivains. Il imagine la réaction du lauréat : Hmmm, dix millions de couronnes (un million d'euros), et une gloire littéraire éternelle ? Naan, ces Suédois ont dû se planter. Merci, mais non merci.

Pour Ingrid Carlberg, qui prépare un livre sur la Suède au temps d'Alfred Nobel, l'annulation du prix change tout. Ce qui était la crise de l'Académie devient la crise du prix Nobel.

Elle se réfère à l'époque où les dernières volontés d'Alfred Nobel sont publiées dans la presse, en 1896. Les journaux évoquent alors la création des prix. Ils seraient très contraignants pour les académies, car elles devront se tenir à l'écart de toutes sortes de cliques, d'intrigues, de luttes internes. Autant de choses qu'Alfred Nobel haïssait, on le sait.

La volonté d'Alfred Nobel était claire : que les prix soient décernés au bénéfice de l'humanité. Cela sous-entendait de récompenser des gens qui sacrifiaient leur propre bien-être à l'intérêt général. Il ne voulait par exemple pas récompenser des écrivains à succès.

Or quand les académiciens décident de ne pas transférer le rapport d'enquête à la police, ils ont, vis-à-vis de l'Académie et du prix Nobel, placé leurs propres intérêts devant ceux de l'Institution. Pour Ingrid Carlberg, aucun doute, Alfred Nobel se serait retourné dans sa tombe s'il avait su qu'on annulait le prix pour cette raison.

Mais le directeur de la fondation Nobel comprend que si ça continue, tous les prix vont en souffrir. Le prix Nobel, en tant que marque, sera ridiculisé, rabaissé. Chose que la Fondation ne peut pas se permettre. Sous la pression de la Fondation, l'Académie doit se résoudre à reporter le prix.

Quand un magazine people suédois réalisera un sondage, quelques mois plus tard, 15 % seulement des personnes interrogées diront encore avoir une très grande confiance dans le prix Nobel en général. Quand on leur demandera si leur perception du prix Nobel a été influencée par les événements de l'Académie suédoise, 60 % répondront qu'ils ont été influencés négativement.

Le 4 mai 2018, quand la crise de l'Académie se transforme en crise du Nobel, une célèbre journaliste suédoise décide ne pas laisser le vide s'installer. Elle se lance dans une folle aventure pour décerner un prix alternatif de littérature, avec un succès populaire certain, nous le verrons. Elle décernera ce prix à la date prévue pour le « vrai » Nobel de littérature, et il se télescopera, hasard ou pas, avec un autre événement lié à l'affaire.

Du 19 au 24 septembre 2018, Jean-Claude Arnault est jugé à huis clos par le tribunal de Stockholm pour deux viols commis sur une même femme à l'automne 2011. Huit femmes avaient porté plainte. Sept ont été déboutées, les faits étant prescrits ou les preuves jugées insuffisantes. Arnault, qui nie toujours les faits, sera placé en détention préventive à l'issue du procès, dans l'attente du verdict.

La justice suédoise est rapide, et elle peut s'honorer d'un sens aigu de l'à-propos. Ou de l'humour. Ou de la dramaturgie. La première semaine d'octobre est en effet la semaine Nobel. Celle où les uns après les autres, les différents comités Nobel, en Suède et en Norvège, annoncent leur lauréat pour l'année. Chacun son jour.

Quelques heures avant les annonces, le dimanche soir, les journaux publient une information selon laquelle la triche augmente fortement dans les grandes écoles et universités suédoises. Ces mêmes grandes écoles et universités qui plus tard fourniront les membres des académies Nobel de tous poils. Décidément, quand ça ne veut pas, ça ne veut pas.

Et ce lundi 1er octobre 2018, premier jour de cette fameuse semaine Nobel où tous les regards sont braqués sur Stockholm, est aussi celui choisi par le tribunal de Stockholm pour rendre son verdict : il est 11 heures et 1 minute quand l'annonce tombe. *Kulturprofilen* est condamné à deux ans de prison ferme pour viol et à une amende de 115 000 couronnes (11 000 euros).

Il est toutefois relaxé des soupçons de viol dans un autre cas. Celui qui se voyait comme le 19e membre de l'Académie décroche le matricule 2018/5598 de l'administration pénitentiaire.

Trente-deux minutes plus tard, à 11 h 33, la première alerte tombe, révélant le nom du prix de médecine.

Il est 12 h 01 lorsque l'avocate de la victime d'Arnault déclare : « La condamnation du tribunal est importante pour beaucoup de femmes et pour tout le mouvement #MeToo. Ma cliente a obtenu réparation. »

Verdict, lauréat, Nobel, Académie, procès, on s'y perd.

Pour éviter les confusions, le compte Twitter en anglais de BBC News ne poste rien sur le prix Nobel de médecine, mais publie au moment de l'annonce une mise à jour de la fiche pays de la Suède qui commence ainsi : « La position de la Suède comme l'une des sociétés post-industrielles les plus développées au monde demeure fondamentalement solide. Le chômage est bas et l'économie forte. Le partenariat public-privé est au cœur du modèle suédois qui a été développé par les sociaux-démocrates, lesquels ont gouverné pour la plupart d'une période de soixante-dix ans jusqu'en 2006. » La BBC signale encore que la Suède a accepté bien plus d'étrangers que n'importe quel autre pays de l'Union européenne depuis le début de la crise des migrants en 2015.

Mais toujours au même moment, ce qui devait arriver arrive. BBC News Mundo, le compte Twitter en espagnol de BBC News, annonce une nouvelle de *Ultima Hora* : « Les immunologues Jean-Claude Arnault et Tasaku Honjo obtiennent le prix Nobel de médecine pour leur contribution dans la lutte contre le cancer. »

Les réactions sur le fil Twitter de BBC News Mundo parlent d'elles-mêmes : « OMG WTF ?? »; « Ouch » ; « Hmmm Un gran error ».

Donc, ce 1er octobre 2018, *kulturprofilen* se transforme officiellement en *un gran error*. Sauf pour son cher ami Horace.

7.

Le couple infernal

Deux couples sont emblématiques de cette histoire. Horace Engdahl et Ebba Witt-Brattström. Katarina Frostenson et Jean-Claude Arnault.

Esprit brillant, provocateur, romantique dans l'âme, capable de réciter des poèmes en trois langues, Horace Engdahl se coiffe volontiers d'un borsalino. « Se distinguer parmi les capuchons et ces horribles casquettes est une mesure d'intégrité personnelle », dit-il.

Il est également adepte du parapluie bleu de l'Académie, siglé de la devise « génie et goût ». « Protège contre la pluie, les tomates pourries et toute autre critique concrète », commente-t-il, bien conscient des polémiques qu'il provoque.

Engdahl est entier. Il lance un jour que les auteurs américains sont trop insulaires et isolés, faisant bien sûr scandale outre-Atlantique. Fidèle à son personnage. À ses idées. À une certaine conception de la vie. Comme s'il s'était arrêté voici longtemps sur ce que devait être la sienne. Écrivain, traducteur de Blanchot et Derrida.

Fils d'officier. Mère au foyer. Un frère amiral. Il dira : « Je viens d'une famille d'officiers, j'ai fait mon service militaire comme officier et fait des périodes de réserve tous les trois ans jusqu'à mes 45 ans. Je ne suis pas pacifiste, c'est aussi simple que ça. »

Durant une dizaine d'années, jusqu'à ce qu'il vienne occuper le fauteuil 17 à l'Académie en 1997, il est critique de littérature et de danse pour les pages culture du quotidien *DN*, qui deviendra son pire ennemi durant la crise.

Les flèches décochées à son encontre au fil de ces mois dressent un portrait en creux du *bad boy* de l'Académie.

« L'Académie, telle qu'on l'a connue depuis 1786, n'existe plus. Les Dix-huit meilleurs sont devenus les Onze pires. »

Engdahl est « le chef de la nouvelle junte », auteur d'une « révolution de palais cynique ».

L'écrivain jaillit parfois aux abords de l'Académie, lunettes noires, démarche de buffle, écartant tout le monde sur son passage, mène ce que certains surnomment « la bande du bunker » et qui semble dominer l'institution.

Une éditorialiste de *DN* écrit : « Horace Engdahl est moralement en banqueroute. Est-ce qu'il croit vraiment que personne ne le remarque ? »

Tout le monde contre lui ? « Horace Engdahl est

arrogant, note la responsable d'une rubrique culturelle. Je le vois mal démissionner. »

Elle a raison.

Horace réagit en Engdahl : « Être la personne la plus impopulaire de Suède me convient tout à fait ! » Tout est dit de cet intellectuel de haut vol, resté fidèle à une certaine idée qu'il se fait de lui-même.

L'écrivaine et chroniqueuse Lena Andersson est l'une des seules qui s'aventurent à le défendre. Pour elle, la crise de l'Académie est avant tout la crise de l'espace public suédois et du journalisme culturel. « Horace Engdahl est, tout le monde le sait, l'un des meilleurs orateurs de langue suédoise. Les persécutions dont il fait l'objet ne proviennent pas uniquement du mépris populiste que porte notre société au mérite, à la formation et aux autorités. Pour une part non négligeable, c'est de la simple jalousie. »

À l'automne 2018, un an après le début du mouvement #MeToo, Horace Engdahl commente dans le magazine britannique *The Times Literary Supplement* le verdict qui vient de s'abattre sur son cher ami français. Pour lui, le jugement – deux ans de prison – ne s'appuie sur aucune preuve sérieuse : « Je suis surpris qu'un homme puisse être envoyé en prison sans aucune preuve substantielle. Nous vivons une période dangereuse. » Il compare la femme qui l'accuse au témoin qui après la Révolution française accusa Marie-Antoinette d'inceste avec ses enfants.

La diatribe du *bad boy* suédois soulève une nouvelle vague d'indignation en Suède.

Engdahl enfonce le clou lorsqu'il commente le verdict du procès en appel : « Cela dépend un peu de ce qu'on appelle un viol », dit-il, ce qui lui vaut de nouveaux tombereaux d'insultes.

Ainsi va-t-il, ovni intellectuel, original perdu dans un monde culturel convaincu de sa propre excellence, observe un chroniqueur.

Certains considèrent qu'il devrait disparaître, se taire, cesser de rabaisser l'institution. D'autres au contraire, saluent, non ses opinions, mais son courage à les exprimer.

Engdahl a longtemps été marié à l'une des féministes les plus en vue de Suède, Ebba Witt-Brattström, professeure de littérature comparée. Face au critique brillant et facétieux, provocateur et érudit, un adversaire de taille. L'une de celles qui ont profondément marqué le royaume et contribué à lui donner sur la planète entière sa réputation de terreau du féminisme. Je me souviens d'elle lorsque je suis arrivé en Suède, en 1994. La droite était au pouvoir. Ebba Witt-Brattström faisait partie d'un petit groupe de féministes très influentes et populaires baptisé *Stödstrumporna* (Les bas de soutien). Elles avaient menacé de créer un parti de femmes lors des législatives de septembre 1994 si les partis établis ne pratiquaient pas l'équité absolue sur leurs listes. Succès total. Le parlement suédois se retrouva avec 40 % de femmes et le nouveau gouvernement social-démocrate afficha une répartition égale entre les sexes.

Le couple a divorcé en 2004 et, durant toute l'affaire, ne s'est pas raté.

Dans son ouvrage *Côte à côte, les femmes, les hommes et la littérature des années 1970*, Ebba Witt-Brattström évoque cette période comme celle d'une prise de pouvoir de jeunes mâles d'une arrogance agressive en même temps que de penseurs de poids tels Jacques Derrida, Roland Barthes, Maurice Blanchot, Theodor Adorno et Jacques Lacan.

Dans un article paru dans *The Times Literary Supplement*, elle évoque son ex-mari comme une sorte de bâtard boiteux : « Il ne possédait qu'une paire de jeans et encore il y avait des trous dans ceux-ci. Je me suis occupée de lui. »

Après leur séparation, ils règlent leurs comptes.

En 2016, Ebba Witt-Brattström publie son premier roman, *La Guerre amoureuse du siècle*. Il fait écho à *L'Histoire d'amour du siècle*, roman publié en 1978 par la Finlandaise Märta Tikkanen, qui relate sa relation passionnée et destructrice avec son mari écrivain et alcoolique. Ebba Witt-Brattström commence son propre livre ainsi :

« Il a dit : Si tu m'abandonnes, tu ne peux t'attendre qu'à une haine éternelle.

Elle a dit : Je pense que l'un de nous deux doit mourir.

DANSE DE LA MORT

Il a dit : Ce matin n'était pas pire que d'habitude. Ça ne sera pas plus drôle que ça. C'est plutôt que la bienveillance diminue de quelques pour cent des deux côtés chaque semaine.

(...)

Elle a dit : Quand as-tu cessé de demander pardon après m'avoir insultée, dévalorisée, après t'être moqué de moi ?

(...)

Il a dit : Je hais les années 70. Personne ne me voyait.

(...)

Elle a dit : Se trouver constamment en mauvaise compagnie fait de vous une mauvaise personne.

Il a dit : Je suis fier de moi-même. De toute façon, personne n'écoute tes jérémiades.

(...)

Il a dit : Le plus important dans un combat est l'endurance. Il faut donner à l'adversaire le temps de commettre de graves erreurs. »

Et ainsi de suite.

Peu après le livre de son ex, Horace Engdahl publie chez l'éditeur concurrent, Bonnier, *Le Dernier Porc*, un recueil d'aphorismes.

La quatrième de couverture annonce : « Pour beaucoup, il incarne l'intellectuel. *Le Dernier Porc* ne contredit pas cette image, mais l'élargit et la nuance. Les textes d'Horace Engdahl sont souvent provocateurs. »

Un avis sur la couverture : « Comme d'habitude : brillant, méchant, vaniteux et élégant, et surtout, suffisamment intéressé par l'humanité pour encore vouloir l'éduquer. »

Il commence ainsi :

« Ta valeur est égale à ta capacité à faire mal, pour le moins en cessant de faire le bien… »

La phrase occupe toute une page. Sur la page suivante, on trouve : « Un écrivain doit être prêt à trahir tout et tout le monde pour trouver sa voix. »

Et encore :

« Dans le fond intérieur d'un jeune homme, il n'y a de place que pour une chose, lui-même.

Dans le fond intérieur d'une jeune femme, le centre est vide, il n'y a même pas de place pour elle-même. Elle est assise en dehors et attend que quelque chose le remplisse.

Un jour elle remarque qu'elle se retrouve seule. Ceux qui étaient venus sont partis, si ce n'est pas elle qui les a chassés. Elle comprend alors qu'il est temps d'éteindre. »

Puis :

« L'homme est un animal qui ne supporte pas sa nature. »

L'une des citations les plus controversées : « La pénétration de la femme est pour toujours une défaite pour la femme et une victoire pour l'homme. »

Et ainsi de suite.

En face du couple sulfureux et disruptif d'Horace Engdahl l'intellectuel provocateur et Ebba Witt-Brattström la féministe lettrée, un autre couple, fusionnel et mystérieux : Jean-Claude Arnault, le prédateur sexuel, et Katarina Frostenson, la poétesse solaire.

La double vie de *kulturprofilen* remplit les pages des journaux. « Le jour était à elle, la nuit à lui », titre un journal pour raconter ce couple désormais scabreux.

Le couple étonne. Un contrat mystique les lie, estime le doyen de l'Académie. Car elle ne peut pas ne pas avoir su, mais elle s'en fiche.

Les gens avaient de la peine pour elle, tant il était dragueur, mais ses gestes allaient bien au-delà du simple flirt. Il pouvait aussi être agressif.

Stefan Ingvarsson, conseiller culturel à Moscou et habitué du monde littéraire de Stockholm, a déclaré avoir vu Jean-Claude Arnault attoucher des femmes une douzaine de fois. La première fois qu'il s'est décidé à réagir, il a pris le Français par le col et l'a chassé d'une fête chez un éditeur. Confronté ultérieurement à Arnault, Ingvarsson a fini par faire comme tout le monde, ou presque : il a traité ça par une forme de dérision, sur le mode « sacré Jean-Claude », tout en prévenant les jeunes filles de se tenir à l'écart.

Quelques jours avant l'annulation du prix de littérature 2018, un quotidien révèle que le sacré Jean-Claude s'en est pris la à princesse héritière, alors âgée de vingt-huit ans. Le journal *Svenska Dagbladet* considère l'information d'une telle importance que sur son site Internet, l'article est publié aussi en anglais, allemand et français. « Victoria de Suède victime d'attouchements. » Le journal détaille que trois personnes, dont un membre de l'Académie, ont vu Arnault mettre sa main sur les fesses de la princesse lors d'une soirée à Stockholm en 2006. Après cet épisode, Engdahl reçut la mission de ne jamais laisser, à l'avenir, Arnault seul avec la princesse. On s'étonne moins du soutien affiché par Victoria et sa mère au mouvement #MeToo, deux jours avant la publication de l'article révélant les agressions sexuelles d'Arnault.

Les témoins de l'époque évoquent aussi la générosité d'Arnault, avec l'argent de l'Académie. Restaurants coûteux après d'obscures soirées où des poètes lisent leurs vers, champagne et taxi sur le compte de son club, Forum. Arnault pouvait aussi avoir de bons côtés, rendre des services, souvent en échange de quelque chose.

Quant à Katarina Frostenson, elle apparaît comme très introvertie, une poétesse qui ne se prête à aucun compromis, ni dans sa poésie, ni dans son comportement, vivant dans son propre monde. Arnault, qui pouvait être charmant et chaleureux, quand il n'était pas obséquieux, était le pendant social de Katarina.

Interrogé longuement en 2016 par un journaliste, Horace Engdahl ne tarit pas d'éloges envers son ami français : presque le seul, d'après lui, à profiter de la vie. À l'entendre, il aurait fallu transformer Forum en école de style pour les jeunes garçons. Ne devenez pas hipsters, devenez des gentlemen, s'exclame Engdahl.

L'ancien secrétaire perpétuel ne quittera plus cette ligne.

Aux yeux d'Engdahl, Arnault représentait la vie telle qu'elle devait être vécue. Se laissait-il aveugler par *det fina franska*, la distinction française ?

Deux amis journalistes suédois me feront cette remarque : si Arnault avait été suédois, son comportement aurait été signalé depuis longtemps. Il n'aurait pas pu continuer comme ça. Mais il était français, et venant d'un Français, ce type de comportement était accepté. On trouvait ça tellement exotique, tellement français…

La question que tout le monde se pose, en off : Jean-Claude Arnault a-t-il prise sur Engdahl et d'autres académiciens ? A-t-il des informations qu'il menace de révéler ? Sinon, pourquoi Engdahl aurait-il tant sacrifié de sa position au centre de la vie culturelle, lui qui est maintenant devenu *persona non grata* presque partout ?

Personne ne comprend.

Dans la tourmente, Engdahl reste fidèle à son épicurien d'ami et continue à affirmer que *kulturprofilen* est victime d'*un gran error*.

Ebba Witt-Brattström, l'ex d'Horace Engdahl, qui connaît bien le couple Arnault-Frostenson, évoque elle aussi « une sorte de pacte étrange » entre eux. « Ils sont le couple royal du monde culturel. Une position qu'ils ont construite très consciemment tous les deux. » Katarina Frostenson savait que son mari avait des aventures extra-conjugales. C'était de notoriété publique. Mais de tels arrangements peuvent exister au sein d'un couple.

Petit Français sans éclat, parasite, Arnault a tenté de se construire une existence en Suède, dans l'ombre des autres. Puis il a rencontré sa très solaire poétesse, et s'est mis à prospérer.

L'académicien Per Wästberg est l'un de ceux qui avaient soutenu la nomination d'Arnault à la médaille de l'Étoile polaire. Mais il avait ses doutes, notamment après avoir eu vent d'agressions sexuelles anciennes. Wästberg avait, à l'époque, interrogé Katarina Frostenson. « Elle ne voulait pas en entendre parler. » Que lui ou d'autres académiciens évoquent le sujet, elle devenait furieuse. Pour elle, tout était mensonges et calomnies.

Pendant la crise, Wästberg déclare à la presse italienne combien Arnault était obsédé par les jeunes filles. « Il exerçait des pressions sur elles, en leur promettant des embauches dans des galeries par exemple. Nous avons parlé de ça à Katarina Frostenson. Elle nous a assuré que ce n'étaient que des ragots destinés à noircir son mari. Elle est une menteuse, il est un criminel. »

On évoquera une plainte pour diffamation contre Per Wästberg, mais elle se noie dans la crise.

Avec son dernier recueil de poésie, *Sept rameaux*, publié en 2018, Katarina Frostenson enthousiasme un chroniqueur d'*Expressen*. Difficile à comprendre, ou énigmatique, disent certains, mais seulement pour ceux qui croient que la vérité est simple et que ce qui est important et de valeur nous est servi sans qu'on y réfléchisse sérieusement. Le chroniqueur note que depuis plus d'une décennie, les textes les plus forts de Frostenson ont traité des pires aspects de l'ordre néolibéral, qu'il s'agisse de la dégradation du climat, des crises bancaires, de la consommation insensée, des décharges d'ordures que nous laissons nous envahir, et de la liberté sans limites qui nous permet d'abîmer le monde.

Quelques mois plus tard, quand la présence de Katarina Frostenson au sein de l'Académie sera devenue un enjeu majeur qui engagera la survie de l'institution, le même auteur rappellera opportunément ce qu'un autre chroniqueur écrivait vingt-cinq ans plus tôt, quand Katarina Frostenson avait été élue à l'Académie. C'était peu de temps après l'affaire Rushdie, où trois académiciens avaient claqué la porte de l'Académie et renoncé à participer à son travail. L'élection de Frostenson avait alors été saluée comme une opération de sauvetage de l'Académie, « une bonne nouvelle sensationnelle », « un coup de génie totalement inattendu ». Une opération qui lui donnera une légitimité et la rendra respectable pour la jeune avant-garde qui sort ses blazers à Forum, la galerie multimédia gérée par le mari de la nouvelle académicienne, Jean-Claude Arnault. Il ajoute qu'il est désormais tout à fait possible d'imaginer non seulement Horace Engdahl, mais aussi Anders Olsson ou Stig Larsson comme membres de l'Académie. Horace

Engdahl sera élu en 1997, secrétaire de l'Académie entre 1999 et 2009 ; Anders Olsson sera élu en 2008, secrétaire perpétuel de l'Académie en 2018 et 2019. Toujours en retrait, drapée dans son intégrité, Frostenson est l'une des poètes les plus brillantes et plus influentes de sa génération. C'est elle qu'Horace Engdahl dit avoir voulu sauver. L'Académie Frostenson. C'est ainsi, prétendait-il, qu'on se souviendrait de cette génération.

Frostenson, devenue le boulet de l'Académie.

Frostenson, première victime de son mari ?

Elle restera constante. Pendant le procès en appel d'Arnault, à l'automne 2018, elle vient témoigner à huis clos. L'avocat lui demande de décrire son époux : « Il est chaleureux, attentionné, amical, un homme très tendre. » Plus loin : « Il ne ressemble pas du tout au portrait caricatural qui a été dépeint. » Elle affirme n'avoir jamais vu son mari se comporter de la façon décrite par ses accusatrices. Elle ne croit pas non plus qu'il serait capable de se comporter d'une telle façon avec elle, et différemment avec d'autres femmes. « J'ai vécu avec lui quarante-trois ans. Je le connais, son être, sa personne, son entourage. » Quand l'avocate de la partie civile évoque les nombreuses accusations qui pèsent contre lui, elle évacue : « C'est un article de presse qui repose essentiellement sur des témoignages anonymes. » L'avocate : « Vous ne pouvez pas savoir comment il s'est comporté avec d'autres femmes. » L'épouse : « Je le connais comme personne. »

8.

Forum

Pour comprendre « l'affaire », pour dévoiler une partie de ses contours en tout cas, il faut s'immerger dans la Suède des années 1990. Descendre les quelques marches qui conduisent à Forum, se plonger dans l'atmosphère de ce club si spécial, situé Sigtunagatan 14, à Stockholm.

Un auteur suédois que j'ai croisé au détour d'un festival l'avait évoqué pour moi. Avec certaines précautions. Il voulait bien m'en parler, à condition de rester anonyme. « Tu comprends : je fais parfois des travaux pour l'Académie suédoise. »

Le monde est petit. Il l'est encore plus quand on est écrivain, critique littéraire ou traducteur dans un pays comme la Suède. Difficile d'éviter complètement l'Académie, son argent, ses réseaux, son influence.

Cet auteur, appelons-le Adam, a fréquenté le Forum de ses débuts à la fin des années 1980. « C'était comme d'aller à une fête à laquelle on n'était pas invité. »

Ce Stockholm-là, je ne l'ai pas connu. Lors de mes

premières années en Suède, au début de la décennie 1990, la fête était terminée.

Moi qui arrivais de Montpellier, je me souviens de mes errances souvent vaines dans Stockholm le matin pour trouver un café ouvert où lire le journal. Les toutes premières terrasses de café faisaient timidement leur apparition. On prenait un ticket à Systembolaget, le monopole de vente d'alcool au détail, pour acheter son vin qui demeurait hors d'atteinte, derrière des vitrines. Le péché. Le pays était austère, comme il l'avait longtemps été, et blessé. Dans sa chair, dans son amour-propre de société modèle. La Suède traversait sa pire crise depuis celle de 1929, le chômage avait explosé, passant en peu de temps de 2 à 10 %. On voyait des clochards dans les rues, vision nouvelle et déstabilisante. Des mendiants qui ramassaient les canettes de bière dans les parcs. Même meurtrie, la ville restait d'une propreté qui me frappait. Je me rappelle la nostalgie avec laquelle mon ami tunisien Fathi, arrivé vingt ans plus tôt en Suède, évoquait l'État-providence et l'égalitarisme suédois de ses jeunes années, le vrai, pas celui déjà corrompu à son goût en ce début des années 1990. Il n'avait pas tort, c'était la déréglementation des services financiers et du crédit qui avait plongé la Suède dans la crise. Avant la plupart des autres pays européens, la Suède sociale-démocrate avait ouvert la voie de la financiarisation de l'économie. Une trahison, un phénomène qui avait commencé plus tôt encore, pour certains, comme pour ces deux journalistes communistes suédois, Maj Sjöwall et Per Wahlöö, qui par réaction écrivirent dix romans policiers entre 1965 et 1975 (publiés en France chez Rivages/Noir), série intitulée *Roman d'un crime* et mettant en scène l'inspecteur Beck, celui qui a nourri une génération d'auteurs nordiques. J'ai appris le suédois en partie en regardant les adaptations télévisées de Beck.

Ces années-là, ce sont les années où la Suède fait face pour la première fois à une vague d'immigration importante, en provenance des Balkans, Bosnie surtout, et d'Irak, après la première guerre du Golfe. Lorsque je suis mes cours de suédois à SFI, un organisme public qui permet à tout réfugié ou immigré de bénéficier gratuitement de cours de suédois, les autres élèves sont pour la plupart des réfugiés de Bosnie ou d'Irak. À moi qui arrive du sud de la France comme immigré pour les beaux yeux d'une Suédoise, ils décident, pour que je ne me sente pas trop à part dans le groupe, de me décerner le titre de « réfugié de l'amour ».

D'autres sont moins bienveillants. Cette vague d'étrangers provoque une poussée xénophobe où pullulent les groupuscules néonazis violents, recrutant dans les milieux jeunes par le biais des concerts White Power alors très populaires.

Ce sont aussi les années où la Suède débat passionnément, avant le référendum de l'automne 1994, sur l'adhésion ou non à la CEE, l'ancêtre de l'UE.

L'identité suédoise est bousculée de toutes parts.

Il y avait encore Per Hagman, ce jeune auteur suédois adepte de la Riviera qui décrivait dans ses romans les pubs clandestins de Stockholm pour protester contre les fermetures à minuit. J'entendais parler de ces fêtes d'entreprise où l'alcool coulait à flot, où les aventures d'un soir entre collègues semblaient la norme, aussitôt oubliées le lendemain matin, quand la morale protestante du travail reprenait le dessus. Austère et bousculée.

Jean-Claude Arnault crée Forum l'année de son mariage avec Katarina Frostenson, en 1989, vingt ans après son arrivée en Suède. Il aurait commencé par y étudier la photographie, sans que son passage ait laissé beaucoup de souvenirs. Arnault voulait mettre en scène sa pièce *Sebastopol*, mais n'avait pas de local. Lorsqu'il trouve celui de Sigtunagatan 14, la fine fleur de l'intelligentsia stockholmoise vient lui donner un coup de main.

Quel est le décor, avant que « l'affaire » n'explose à la face ébahie des Suédois ?

Forum, le petit club discret et hyper-intello, prospère dans un sous-sol du centre-ville. Sur la place de Stockholm, la scène est unique. On reconnaît sa très haute ambition intellectuelle et esthétique. C'est là qu'accourt le gotha des arts et des lettres suédois, et parfois international, pour assister à des lectures, des conférences, des concerts de jazz ou de musique classique, des représentations de danse contemporaine ou de théâtre. Un peu plus d'une activité par mois.

De la poésie bien sûr, avec les lectures de « Kata », alias Katarina. On y croise des écrivains, des académiciens.

Forum, dit-on alors, est le propre *Fight Club* de l'élite culturelle, le « living-room du comité Nobel ». Une académie souterraine dédiée à l'admiration réciproque, à des lectures de poésie pompeuse, à du vin de mauvaise qualité servi dans des gobelets en plastique. Un endroit qui, bien sûr, a dû compter sur un public fidèle, exclusif, heureux de trouver une scène intime, différente, loin du mainstream suédois. De ce point de vue, il faut reconnaître à Jean-Claude Arnault d'avoir su répondre à un besoin, d'avoir pu durant toutes ces années faire vivre un lieu alternatif et exigeant pour gens « à la recherche de stimulation intellectuelle », selon les mots qu'il utilise lui-même dans une interview.

Arnault sait où aller réclamer l'argent pour faire tourner la boutique. Près de 320 000 euros depuis 2006 de la part du Conseil artistique de l'État, 20 000 euros en 2013 de l'Agence de la musique pour un projet, 30 000 en 2015 pour un autre projet. Près de 40 000 euros par an de la part de la commune de Stockholm depuis 2010.

« Je pense que tout le monde a été à Forum, me raconte l'académicien Per Wästberg, président du comité Nobel au sein de l'Académie. J'y ai été deux fois, Sara Danius y a été. Tout le monde trouvait le programme intéressant. Chaque dimanche à 15 heures, on lisait vingt-cinq pages de Proust en suédois, acteurs et écrivains se relayaient une semaine sur deux, j'y ai été aussi, et comme ça pendant des années. C'était une scène unique à Stockholm. » Et Per Wästberg, qui par la suite n'aura pas de mots assez durs pour condamner Jean-Claude Arnault, de constater : « Il n'y a aucune autre scène de cette nature à Stockholm désormais. Il en faudrait. » Un côté *Cercle des poètes disparus*.

L'atmosphère était empreinte d'un profond respect pour les artistes et les académiciens. Comme une église de béton où l'on attendait le couple royal, a raconté une ancienne employée de Forum. Il s'agissait d'Ebba et d'Horace. Tout le monde leur témoignait une grande vénération quand ils faisaient leur entrée. Derrière cette façade, celles qui travaillent à Forum courent un risque, celui de déplaire au tenancier.

Forum attirait aussi les jeunes filles qui voulaient arrondir leurs fins de mois, des étudiantes souvent, désireuses de se constituer un réseau pour travailler dans le monde culturel. Toutes n'ont pas subi les assauts d'Arnault. Certaines, oui, dans ce lieu underground, incontournable, où Arnault veillait, choisissait.

L'une d'entre elles raconte qu'Arnault pouvait entrer dans une colère noire si une jeune femme repoussait ses avances et arguer de son amitié avec Horace.

Arnault use de tous les stratagèmes. La jeune femme encore : « Il me disait que tout le monde à l'Académie était très en colère contre moi. Il voulait que je me sente mal. » Cette ancienne employée de Forum dit qu'Arnault menace aussi de s'arranger pour que les réfractaires n'obtiennent jamais de bourses de l'Académie. Il cite celles qu'il a favorisées en leur obtenant des prix ou des bourses.

Arnault, un homme de pouvoir. Il avait le chic pour trouver des jeunes filles fragiles au comportement autodestructeur. « J'ai honte de mon silence, dit l'une d'elles. Et d'avoir été l'une de celles qu'il a choisies comme proies, une de ces filles déchirées. J'avais peur aussi d'être exclue du cercle où prix, subventions et contacts se discuteraient. » Se décideraient, peut-être. Comment prendre le risque de voir sa carrière brisée, parfois avant même d'avoir commencé ?

Arnault préfère parler de loyauté. Es-tu loyale ? Apparemment, on employait beaucoup ce terme dans l'entourage d'Arnault.

Assez vite après la publication de l'enquête de *DN*, on apprendra que dès décembre 1996, une jeune artiste, qui avait exposé à Forum, avait écrit à l'Académie pour se plaindre de *kulturprofilen*. Jean-Claude Arnault, écrivait-elle, « abusait de sa position de directeur artistique du club pour utiliser et humilier les femmes, les jeunes surtout, qui approchaient de lui ». Quatre autres jeunes filles soutenaient le témoignage. Le secrétaire perpétuel de l'époque, sans doute la tête dans les festivités de remise du prix Nobel de littérature à Wislawa Szymborska, n'avait pas donné suite. Un quotidien avait sorti l'affaire au printemps suivant, faisant état d'une plainte pour agression sexuelle : « *Sexterror i kulturеliten* ». Même pour un Français, le suédois, parfois, c'est facile à comprendre. Mais cette terreur sexuelle au sein de l'élite culturelle ne provoque aucune réaction. Le silence, là encore, est assourdissant. Pire, les amis de Jean-Claude Arnault montent au créneau pour le défendre. En première ligne, Horace Engdahl qui, quelques mois plus tard, allait être élu à l'Académie suédoise.

Un magazine français décernera ironiquement à Jean-Claude Arnault « le prix Nobel du harcèlement », tandis qu'il attribuera « le prix Nobel du silence » au petit monde des belles-lettres suédoises.

Une auteure proche d'Horace Engdahl prend sa défense : si elle voit le comportement de Jean-Claude Arnault, tel qu'il a été décrit, comme amoral, choquant et incompréhensible, elle considère grotesque que cela entraîne la chute de l'Académie suédoise et l'assassinat en règle d'Horace Engdahl par, dit-elle, une meute médiatique avide. Car, dit cette auteure en substance, si tout le monde savait, comme cela a été écrit, pourquoi ces rédactions ont-elles alors laissé passer des comportements qu'elles jugent aujourd'hui inacceptables ? Peut-être parce que les membres les plus influents de Forum ont cherché à cultiver un style de vie radical, loin des vertus petites-bourgeoises. Car qui peut savoir ce que deux personnes ont comme relation dans un lieu où « d'autres règles s'appliquent que dans le reste de la société », selon les mots de que Katarina Frostenson ? C'est une phrase clef pour comprendre ce drame, insiste cette auteure. Si vous alliez là-bas, vous signiez un accord implicite sur le dépassement des limites.

Une critique musicale qui a travaillé à Forum au début des années 2000 a raconté combien la fibre artistique y était souvent associée à l'attraction sexuelle : comme femme, on pouvait être considérée soit comme une créature mythologique, capable de faire ou de détruire un homme, soit comme une folle frigide, et personne ne voulait être rangé dans cette catégorie. C'est une vision sale, vieillotte, surannée, misogyne. Mais ils la considéraient comme progressiste. Quelqu'un qui prenait mal l'infidélité était accusé d'être petit-bourgeois.

Toutes les femmes qui ont travaillé là n'ont pas que de mauvais souvenirs, mais la plupart critiquent la vision culturelle qui prévalait : tu n'es pas artiste si tu n'es pas en lien avec ta libido.

Un accent d'élitisme avec des pointes bohèmes, avant-gardistes et décadentes. Snob, ésotérique. Du genre : c'est nous qui savons. Une allure de club masculin aux règles démodées, où les femmes servaient ces messieurs.

Un Suédois qui travaillait le jour comme chercheur dans un institut économique, et le soir s'amusait à dessiner les visiteurs de Forum, a raconté comment il saluait chaque fois Jean-Claude Arnault d'un bonsoir, sans jamais obtenir de réponse, jusqu'à comprendre pourquoi : il ne lui était d'aucun usage, et à ce titre, il restait invisible.

Seuls comptent aux yeux d'Arnault ceux qui ont du pouvoir dans les milieux culturels, et ils le lui rendent bien. Deux personnages centraux dans ce petit groupe : Horace Engdahl et Stig Larsson. Amis proches, admirateurs mutuels.

9.

Les Autistes

Horace Engdahl, Jean-Claude Arnault. Et Stig Larsson.

Ebba Witt-Brattström a déclaré à propos de son ex-mari, Horace Engdahl, qu'il n'avait que deux amis, Stig Larsson et Jean-Claude Arnault.

Stig Larsson, cité dans une interview de 2006 : « En règle générale, les intellectuels sont les putains de la pensée, la seule chose à laquelle ils pensent, c'est d'être populaires parmi leurs amis. »

Les Autistes : le titre phare de Stig Larsson, auteur suédois dans les années 1980. Catapulté mascotte du petit groupe d'intellectuels au cœur du club Forum, avec ces règles « particulières » qui finiront par se retourner contre eux.

Autisme : trouble du développement caractérisé par un détachement de la réalité extérieure, la vie mentale du sujet étant occupée tout entière par son monde intérieur.

Dans ce théâtre des beaux esprits suédois qu'est Forum, bastion de la fine culture, un groupe de jeunes gens s'impose tout de suite. L'équipe de *Kris*, un magazine littéraire, principal introducteur de la pensée postmoderne en Suède. Son égérie : Stig Larsson. Attention au « e ». Ne pas confondre avec le journaliste Stieg Larsson, que j'ai fréquenté dans les années 1990 pour son immense expertise sur l'extrême droite, plus connu comme auteur de la série de polars *Millénium*. Les deux sont originaires de la région de Västerbotten, dans le nord de la Suède, et n'ont qu'un an de différence. Peut-on imaginer écrivains plus proches et plus éloignés ? Car là où Stieg milite contre les néonazis et l'aveuglement de la société à leur encontre, Stig prend le contrepied, se complaisant dans une décadence volontiers provocatrice.

Quand je rencontre l'académicien Per Wästberg et que je lui dis que pour moi, Stig et Stieg évoquent les deux visages de la Suède de l'époque, il acquiesce : « Le non-engagé et l'engagé, l'esthétique et l'éthique. L'un cherche la beauté et la profondeur, l'autre marche à la vérité. »

Stig Larsson est alors un auteur culte, après avoir publié en 1979 *Autisterna* (*Les Autistes*, traduit en français par Jean-Baptiste Brunet-Jailly et publié aux Presses de la Renaissance en 1986).

Horace Engdahl racontera : « Nous étions pauvres et ne doutions pas un instant de la valeur de ce que nous faisions. » Il dresse ce portrait de Stig Larsson en 2005 : « Avec son roman *Les Autistes*, Stig Larsson rompt avec la littérature de bonne volonté, avec la tentative d'éducation des années 1970. » *Les Autistes* est devenu un livre culte parmi les jeunes écrivains et intellectuels. Stig Larsson devient une figure centrale de Forum.

« Dire que ses écrits sont controversés est un truisme, écrit Engdahl. Stig Larsson a souvent été considéré à ses débuts comme une sorte de provocateur et a été décrit comme le représentant d'une attitude amorale et antipolitique. La volonté d'accepter toutes les expériences humaines sans les caricaturer fut interprétée comme du voyeurisme et de la froideur. »

Stig Larsson m'a raconté la genèse des *Autistes* lors de notre rencontre à l'hiver 2019, dans un café nommé *Rosa Drömmar* (Rêves roses), sur la petite île de Lilla Essingen où il habite, à Stockholm. « J'avais montré à Horace que j'avais écrit la moitié du livre, et il m'a dit que c'était très bien, il m'a dit "écris encore deux fois plus et ça sera un roman". Je lui ai dit qu'il n'y avait pas d'intrigue. Il m'a dit "c'est moderne, ça va". J'ai écrit exactement le double. J'avais vingt-trois ans. Au début, à l'automne 1979, il n'y a eu aucune critique, puis une vers Noël, et enfin au printemps. Après deux ou trois ans, il a été remarqué. »

Les Autistes commence par une histoire de jaune d'œuf battu, puis un printemps froid de 1970, puis une description savante de la sexualité de l'escargot de Bourgogne, puis une vague histoire de jeune fille nubile d'un village géorgien que le narrateur déflore avec deux doigts. Il parle d'une sorcière qui dit : « Le premier bateau que voit un homme qui est resté pendant longtemps au port, il le revoit une fois plus tard dans sa vie, c'est une chose qui veut dire la vérité ou la mort. » Le narrateur prend les souvenirs comme ils viennent, décrit les scènes comme elles se présentent à lui, sans se soucier de cohérence ni de la façon dont il sera lu, compris. Vagabondage mélancolique et désabusé. Et *Les Autistes* se poursuit ainsi. Cette impression que le monde frappe à la porte du narrateur, indéterminé, mais que celui-ci glisse, en apesanteur. Rien ne l'accroche. « J'avais la sensation d'être une chose qu'on raconte, une figure inventée. » « Ce qui était d'importance, soudain, n'avait plus d'importance. » « L'ingénieur avait raison : être écrivain, c'était pouvoir faire n'importe quoi sans être traité de coucou. »

Les Autistes lance en Suède la vague postmoderne en réaction à la littérature engagée des années 1970. Stieg contre Stig. Les nouveaux héros amoraux rompent avec les récits idéologiques. Cette amoralité s'illustra par un autre livre de Stig Larsson sur les agressions sexuelles de jeunes filles qui lui donna un écho bien au-delà des cercles littéraires. Stig Larsson révéla sur un plateau de télé qu'il avait une préférence pour les très jeunes filles, car le pH de leur sexe était plus doux. Il a aussi raconté des épisodes sado-maso, précisant n'y avoir cédé que parce que les jeunes filles le harcelaient pour qu'il leur fasse mal. Personnage au goût de soufre garanti.

Cette image finira par dévorer et effacer celle d'écrivain culte. Et sera associée, à tort ou à raison, à celle du maître de Forum. Ceux qui l'ont fréquenté disent qu'il a toujours été comme ça, à se droguer, à être avec de très jeunes filles, au lieu de parler de ses livres. « Un comportement puéril », tranchera une ancienne éditrice.

En 1973, encore lycéen et passionné de cinéma, Stig Larsson crée avec des amis un petit journal, *Kod*. Un comité culturel leur propose de l'argent pour en faire un vrai magazine.

Il rencontre Horace Engdahl, Anders Olsson et d'autres au printemps 1977 à Stockholm dans le cadre de l'Université d'été nordique, une organisation de la gauche intellectuelle. Stig Larsson, qui se sent trop jeune pour diriger ce journal, demande l'aide d'Horace Engdahl. Ce dernier, dont un travail universitaire vient d'être taillé en pièces, quitte le monde académique et rejoint le magazine *Kris*. Il n'était pas fait pour enseigner, dira-t-il plus tard, revendiquant une mentalité de pirate.

Stig Larsson pose une condition : assister à toutes les réunions. « Ils m'ont ouvert à la littérature. C'étaient des universitaires, des gens très intelligents, aristocrates dans le sens où ils étaient assez désagréables. Je ne savais pas grand-chose, et quelle que soit ma question, ils me fixaient. Quoi, il ne sait pas qui est Cicéron !? Mais ensuite, Horace pouvait improviser une conférence d'une demi-heure sur Cicéron. »

Pour les rédacteurs de *Kris*, la Suède est un pays d'ingénieurs trop homogène, où domine une vision trop carrée des lettres. Leur relation à la littérature est beaucoup plus libre. Ils sont radicaux, veulent favoriser la critique. Anders Olsson, devenu académicien et secrétaire perpétuel de l'Académie jusqu'en mai 2019, a lui aussi fait partie de l'aventure. Il se souvient de *Kris* comme d'un forum pour les idées nouvelles jugées très excitantes, telles l'herméneutique ou la déconstruction, à une époque où la Suède était dirigée par une tradition positiviste plus ancienne. « Nous constations qu'avec la social-démocratie, il y avait une pensée consensuelle très forte. Nous n'étions pas extrêmes, mais nous voyions cette pensée consensuelle à l'œuvre, comme nous la voyons avec le mouvement #MeToo, où les réseaux sociaux ont entraîné un comportement moutonnier. »

L'un de ceux qui ont décrit avec le plus d'acuité ce petit monde est Göran Greider, poète, connu autant pour sa mise négligée que pour son ancrage indéfectible dans la social-démocratie, celle qui n'a pas renié ses traditions ouvrières. Il considère que la percée de la rédaction de *Kris* coïncide avec le retour d'une vision romantique de l'art, incarnée alors dans l'acclamation d'un Stig Larsson dépravé qui représentait une décomposition et une saleté sacrées, contre-exemple absolu de l'écrivain à la Victor Hugo qui combat les injustices, dit Greider dans une interview. Il était l'écrivain qui ne se soumet à personne, pour qui le texte se suffit à soi-même. Forum et *Kris* étaient bien. Ce qui est triste, dit Greider, est que ces personnes n'ont pas évolué depuis qu'ils étaient radicaux dans les années 1980. « Leur vision de la littérature est un cul-de-sac. »

10.

Où la Suède redécouvre qu'elle a un roi

Et qu'un roi ça peut servir à quelque chose.

Formidable Suède, mélange savoureux d'hypermodernisme et de traditions que l'on entretient non sans un soupçon de gêne. On est le bastion de la social-démocratie ou on ne l'est pas…

Quand l'Académie explose en plein vol, au printemps 2018, reste un homme, un roc. Un roc improbable. Le roi. Le roi ? En Suède ? Lui, le descendant du maréchal d'empire Jean-Baptiste Bernadotte ? Cette blague. Pourtant, il ne reste que lui. Car les statuts sont formels : le roi de Suède est le protecteur de l'Académie suédoise.

Qu'on se souvienne : les académiciens se défilent les uns après les autres, se tendent des traquenards par micros interposés, envoient leurs porte-flingues harceler les récalcitrants dans les pages culture des quotidiens. Au départ, ils sont dix-huit. En 1989, il n'en reste que quinze, lorsque plusieurs d'entre eux renoncent à participer aux travaux de cette Académie qui a refusé de condamner la fatwa contre Rushdie. Lorsque les deux clans s'affrontent de plein fouet au printemps 2018, les rangs s'éclaircissent encore. Trois hommes, soutiens de Sara Danius, partent d'un coup, restent douze. Puis la secrétaire perpétuelle Sara Danius rend son tablier, suivie d'une autre académicienne. Restent dix. Katarina Frostenson s'exile en France avec son mari, avant son procès. Neuf. Et ainsi de suite jusqu'à sept, en espérant que la grippe ne frappe pas. Or que disent les statuts ? Il faut sept membres pour que l'Académie fonctionne au quotidien, douze pour nommer de nouveaux membres et choisir le prix Nobel de littérature, sinon les décisions ne sont pas valides.

Qui va plier le premier ? Horace Engdahl ou le roi ? La question envahit les éditoriaux.

Car on en est là. Horace Engdahl, alias le *bad boy* pour l'opinion publique, est celui qui a poussé pas moins de cinq académiciens à prendre la porte, contribuant ainsi à bloquer tout travail. C'est l'impasse. Engdahl contre le reste du monde. Face à lui, le roi. Le seul qui possède le pouvoir de peser. Horace contre le roi. Rien que ça. On imagine combien ça doit être enivrant pour un Horace Engdahl volontiers provocateur. Difficile de trouver un adversaire à sa hauteur, ensuite.

À ce moment de la crise, la Suède s'interroge : le roi doit-il dissoudre l'Académie ?

Or d'après la réforme constitutionnelle de 1974, ce même roi n'a plus le droit de dire quoi que ce soit, dans aucun domaine.

À quoi sert un roi dans un pays comme la Suède qui, sur le papier, est sans doute le plus égalitariste au monde ? À couper des rubans ? Mais encore ?

Ce qu'on lui demande : surtout, ne se mêler de rien.

L'éditeur Stephen Farran Lee, avec qui nous évoquons la question, s'en amuse. Si le roi commençait à s'en mêler, alors il transgresserait la constitution et devrait être destitué. Rien de moins. Le problème est que c'est *son* académie. Il insiste sur *son*, en rit. On peut estimer que c'est son fichu devoir, réfléchit Farran Lee, mais même en retournant le règlement dans tous les sens, on ne trouve nulle part que le roi a le droit de faire ça.

Donc Horace Engdahl aurait raison quand il dit que le roi n'a pas le droit de se mêler des affaires de l'Académie. Mais si cette dernière lui présente trois ou quatre candidats, le roi pourra les refuser, car ils n'auront pas été choisis selon les statuts, et il sera dans son plein droit. Le roi et Horace Engdahl ont gelé le processus.

J'imagine que pour Engdahl, ça doit être exaltant : moi contre le roi… Stephen Farran Lee est de cet avis. Quand Engdahl était secrétaire perpétuel de l'Académie, il trouvait intéressant d'avoir des conversations avec le roi. Il en ressortait presque grisé. Maintenant que le roi a pris ses distances, il en ressent une révolte qui l'enivre autant. Du genre « personne ne pourra se débarrasser de moi ». Difficile de renoncer à une telle position, quand on s'appelle Engdahl.

Non, admet Stephen Farran Lee, sinon, il ne lui reste rien.

Quand, quelques semaines avant les élections de septembre 2018, on demande aux responsables des partis ce qu'ils pensent de la crise au sein de l'Académie, seul le Parti de gauche estime que les politiques doivent s'en mêler. Mais le roi…

Certes, le roi est, depuis 1786, le protecteur de l'Académie. Mais le roi…

Et de quel roi parle-t-on ? Le roi embarrassant ?

En 2010, j'écrivais sur ce qui devait être la conférence de presse de chasse à l'élan la plus suivie que le roi de Suède ait jamais faite. Tous les journalistes attendaient des commentaires royaux sur la biographie scandaleuse de Sa Majesté sortie en librairie quelques heures plus tôt et dont le premier tirage de 20 000 exemplaires s'était épuisé en une journée. Mais le roi Carl XVI Gustaf, 64 ans, s'est contenté de dire qu'il n'avait pas lu le livre, qu'il avait discuté avec sa famille des accusations étalées dans la presse depuis des jours, qu'il tournait maintenant la page et ne répondrait pas aux questions.

Dans *Le Monarque malgré lui*, trois journalistes suédois publiaient les secrets de la vie sexuelle du descendant du maréchal Bernadotte, roi de Suède depuis l'âge de 27 ans. La plupart des histoires remontaient à une vingtaine d'années. Des femmes racontaient anonymement comment elles étaient contactées pour agrémenter les dîners privés du roi et de ses amis fidèles qui affirmaient que tout n'était qu'affabulation. L'affaire des *kaffeflickor* – littéralement les filles du café – explosait. Beaucoup des informations venaient d'un ancien boxeur serbe au casier bien chargé, qui fut tenancier d'un club privé réservé tous les lundis pour la bande du roi.

Six mois plus tard, les bons amis du monarque avaient contacté la pègre suédoise pour faire disparaître des photos compromettantes. Comme quoi on peut être ami d'un roi et manquer de finesse. Cette révélation avait bien sûr soulevé une tempête médiatique. Une commission-vérité avait été réclamée à cause des risques de chantage que cette affaire sulfureuse pourrait entraîner contre le roi, qui préside la commission des affaires étrangères.

Le roi avait appelé la presse à tourner la page. Les femmes de la famille royale avaient adopté l'attitude digne qu'on attendait d'elles, sourire figé. Pas étonnant, notait un éditorialiste huit ans plus tard, que ces mêmes reine et princesses se soient particulièrement engagées dans le mouvement #MeToo.

Quel roi ? Le roi gaffeur ?

Quelques années plus tôt encore, des titres crieurs : « Le roi doit abdiquer ! », « Supprimons la monarchie ! ». Le trône de Suède tremble. À l'origine de cette tempête, une bourde commise par le roi Carl XVI Gustaf lors d'un voyage officiel en 2004 à Brunei, petit sultanat sur la côte de Bornéo. Le roi suédois avait trop angéliquement déclaré qu'il voyait Brunei « comme un pays plus ouvert que n'importe quel autre », car chaque dimanche le sultan donnait une audience « où n'importe qui peut venir ». Ces quelques mots avaient provoqué une crise sans précédent à Stockholm. Non seulement, vu de Suède, Brunei est une dictature, mais surtout la constitution suédoise interdit au roi la moindre déclaration politique, en vertu du compromis de 1974 sur les conditions de maintien de la monarchie. 57 % des députés estimaient que cette phrase avait affaibli la monarchie. 42 % seulement pensaient qu'elle devait être supprimée. Plus accusé de naïveté que de méchanceté, le roi avait dû faire amende honorable. Mais le gouvernement s'était retrouvé sur la sellette pour ne pas avoir su contrôler celui qui est, malgré tout, le chef de l'État.

Se débarrasser du roi ?

Quand au printemps 2011 le roi Carl XVI Gustaf fête ses 65 ans et devient *folkpensionär*, traduit littéralement par retraité du peuple, les spéculations se mettent à fleurir. Serait-il enfin temps pour le roi d'abdiquer au profit de sa fille aînée, Victoria, 33 ans alors, et de prendre une retraite bien méritée ? Mais personne ne peut licencier le roi.

La question, toutefois, fut suffisamment sérieuse pour être examinée de près. On calcula la pension à laquelle il aurait droit : « 2 944 couronnes (330 euros) par mois, à quoi on ajouterait une pension complémentaire issue de l'ancien système de 4 112 couronnes (460 euros). Et comme ce serait une pension basse, il aurait droit à une pension garantie supplémentaire de 1 289 couronnes

(145 euros). Au total, dans les 8 300 couronnes (930 euros). » Et de préciser : avant impôts.

Pas de quoi risquer sa tête, pourrait-on penser, mais le roi avait reçu un allié inattendu. Le président du parti social-démocrate, alors dans l'opposition, avait annoncé son intention de réformer le système de retraite qui, estimait-il, ne garantissait plus de pensions suffisantes pour de plus en plus de Suédois. Cela aurait été presque parfait si le même responsable n'avait pas eu l'idée de dire publiquement qu'il voulait supprimer la monarchie. Heureusement, personne n'était dupe. Les partis de gauche réclament toujours, par principe, l'abolition de la monarchie, mais aucun n'y dépense la moindre énergie.

Deux Suédois sur trois s'étaient déclarés pour que le roi reste en place au-delà de ses 65 ans. Le bon roi lui-même avait clairement dit qu'il ne demanderait à toucher aucune pension et qu'il continuerait à travailler comme avant. Qui a dit qu'il était facile d'être suédois...

La reine ? Silvia, reine de Suède d'origine germano-brésilienne, poussée à diligenter une enquête afin de faire la lumière sur le passé nazi de son père. Walther Sommerlath, décédé en 1990, avait rejoint le parti nazi dès 1934. Il avait pu racheter en 1939 l'usine d'un ingénieur juif, au gré de l'aryanisation de l'industrie. L'absence de remise en cause de son père et de condamnation du nazisme avait depuis des années porté tort à la reine et, par-delà, à la monarchie suédoise déjà entachée par les sympathies nazies de Gustav V, grand-père de l'actuel roi de Suède.

Alors bien sûr, on comptait sur la princesse héritière pour effacer les turpitudes de ses parents. Quand Victoria se marie en juin 2010, Stockholm pavoise. En état de siège et de liesse, pour ce qui est considéré comme l'événement people de la décennie. La princesse épouse Daniel Westling, homme du peuple et patron d'une chaîne de clubs de remise en forme. Les reporters royaux avaient laissé entendre que Daniel n'était peut-être pas le bienvenu au sein de la famille royale. Victoria avait imposé sa volonté.

La polémique avait aussi opposé féministes et traditionalistes sur l'ordre d'entrée dans l'église : Victoria au bras de son père, comme elle le souhaite, ou Victoria au bras de son fiancé, comme le veut la tradition luthérienne suédoise qui a émancipé les femmes et veut que deux personnes indépendantes se présentent face au pasteur. Cruel dilemme qui avait déchiré les experts (Victoria était entrée au bras de son père, tandis que Daniel attendait au côté de son futur beau-frère).

C'était une très belle histoire. Les Suédois respiraient. Ils adorent cette jeune femme simple et forte, même si leur fond social-démocrate leur dit bien qu'il est injuste et antidémocratique qu'elle ne soit pas libre de choisir son destin, à l'égal de toutes les jeunes filles suédoises. Ils aiment leur couple princier, qui ne fait d'ailleurs rien pour se rendre antipathique, trop conscient que dans la très égalitaire Suède les têtes royales ne sont tolérées que tant qu'elles ne s'expriment pas, se contentent de couper des rubans ou de mener des délégations d'hommes d'affaires qui profitent du bling-bling royal pour signer des contrats d'armes ou de réfrigérateurs.

Mikael Damberg, ministre social-démocrate de l'Économie entre 2014 et 2018, a accompagné le roi lors de deux visites d'État en France et en Lituanie. Je l'avais rencontré pour préparer un article sur le rôle et l'impact du roi comme ouvreur de portes pour les entreprises suédoises. Dans les faits, c'est le gouvernement qui décide de faire appel au roi pour participer à une visite d'État. Le roi doit être aux ordres, conscient de son rôle, de ce qu'on attend de lui. Un peu comme si le roi entrait dans le catalogue d'une agence événementielle. Très pratique pour bâtir des relations à long terme.

Le même Damberg, du temps où il était responsable des jeunesses sociales-démocrates, avait déclaré que la monarchie était démodée. « Beaucoup en Suède sont comme moi, républicains par principe, mais acceptant la monarchie par pragmatisme, car nous voyons le travail que le roi effectue à l'étranger. Nous avons un accord au Parlement qui tolère une Maison royale avec un roi sans pouvoir. Le roi connaît son rôle et sa place. »

Le roi connaît sa place. Le roi connaît ses amis.

Un des rares domaines où il conserve un pouvoir : celui de décorer quelqu'un d'une médaille qui, à la différence d'un ordre, n'est pas du ressort de la loi. La médaille Sa Majesté le roi de douzième rang (avec divers rubans et chaînes) est remise depuis 1973. Plus de 500 ont été distribuées, dont près d'un tiers à des chefs d'entreprise, le groupe le plus important.

Les nobles et les hommes d'affaires se fréquentent aussi au cours de parties de chasse, très prisées. Chaque automne, le roi lance ses invitations pour participer à la chasse à l'élan. Il choisit ses compagnons de chasse parmi les nobles et les patrons. Le must est de faire partie du H.M. Konungens Jaktklubb, la société de chasse du roi, fort d'une liste de deux cents noms, tous des hommes.

Au cours des voyages d'État, le roi tient banquet. Les hommes d'affaires suivent. Vente d'avions de chasse, de licences téléphoniques, de réfrigérateurs, le roi n'est pas bégueule.

En retour, la famille royale reçoit des cadeaux des patrons sous forme de fondations abondées de plusieurs millions de couronnes pour les bonnes œuvres de Sa Majesté.

Tous les dix ans, quand le roi, la reine ou maintenant la princesse héritière Victoria fêtent une décennie pleine, l'un ou l'autre des poids lourds du monde des affaires lance une nouvelle fondation de bienfaisance ou de soutien à la recherche dotée de quelques millions de couronnes en cadeau. Dans les conseils d'administration de ces fondations siègent à la fois des représentants de la maison royale et des directeurs.

Alors vraiment, attendre que cette monarchie sauve l'Académie ? Redresse la réputation du royaume ? Vraiment rien d'autre sous la main ?

Lorsque les académiciens quittent le navire au printemps 2018, les regards et les micros, faute de mieux, se tournent vers le château. Le roi est informé, répond la Cour.

On s'inquiète de sa réaction. La Cour botte en touche. Aucun renseignement n'a filtré.

Le roi est informé. La belle affaire.

Comment sauver l'Académie ? Il faut changer les statuts. Qui peut le faire ? Le roi. Le roi ? Celui de la chasse, des voitures de course et des *kaffeflickor* ? Pas d'autre roi sous la main.

Trêve d'ironie, au plus fort de la crise Nobel, on va préférer voir un autre aspect du roi. Quand sa couronne en chocolat, soudain, se transforme en couronne en or brillant de mille feux.

En 2014, un conflit éclate entre Stockholm et Riyad quand la ministre sociale-démocrate des Affaires étrangères qualifie de méthodes moyenâgeuses la condamnation par l'Arabie Saoudite à mille coups de fouet du blogueur Raif Badawi. Les Saoudiens considèrent que la Suédoise a insulté l'islam, et la Suède décide de ne pas prolonger l'accord de coopération militaire avec le royaume saoudien. Il faudra que le roi de Suède se fende d'une lettre à son homologue saoudien pour que le conflit se règle. À quoi ça sert, un roi ? À écrire à un autre monarque.

Après le tsunami en Asie qui avait fait 543 morts et 1 500 blessés suédois et révélé l'incapacité du gouvernement suédois à réagir vite, et la tempête qui avait ravagé le sud de la Suède quelques semaines plus tard, le pays s'était pincé. Leur gentil roi s'est transformé en véritable homme d'État. Chaleureux, lorsqu'il est allé consoler les forestiers ruinés. Tendant la main aux enfants ayant perdu leurs parents dans le tsunami, en confiant que lui-même avait grandi sans père. Mais surtout, doté d'une langue qui ne tremblait pas lorsqu'il a exhorté ses sujets traumatisés par le tsunami à oser montrer leurs sentiments et, crime de lèse-constitution selon certains, quand il a implicitement critiqué le gouvernement en rappelant qu'il était important d'oser prendre ses responsabilités. Les Suédois avaient adoré.

Exemple le plus récent : le bras de fer entre la Chine et la Suède autour de Gui Minhai, éditeur suédo-chinois qui fait partie des cinq libraires et éditeurs de Hong-Kong connus pour la publication d'ouvrages à sensation sur les dirigeants chinois, qui furent enlevés à l'automne 2015 avant de réémerger en détention en Chine. Officiellement libéré, mais sans pouvoir quitter la Chine, Gui Minhai avait été débarqué de force par des agents chinois en janvier 2018, alors qu'il se trouvait à bord du train Shanghaï-Pékin en compagnie de deux diplomates suédois.

L'affaire Minhai pourrit les relations entre les deux pays depuis un moment. La mise en place d'un processus de libération de l'éditeur devait être un préalable à une visite royale. Mais l'ambassadeur de Chine à Stockholm, Gui Congyou, avait eu la mauvaise idée d'évoquer dans une interview la délinquance et la mauvaise personnalité de Minhai, faisant comprendre aux Suédois que Minhai n'était pas près d'être libéré. Le roi de Suède avait ainsi annulé son voyage d'État en Chine fin novembre 2018. Chapeau le roi.

11.

Trop grand pour la Suède

Ne le dites pas à Zlatan – il est fier et susceptible – mais ce n'est pas lui, quoi qu'il en dise, qui a mis la Suède sur la carte du monde. Sur l'agenda mondial, depuis des décennies, c'est bien Nobel qui fait briller le pays et qui (doigts croisés) continuera à le faire briller pour des décennies.

L'Institut suédois chargé de la promotion de la Suède dans le monde explique dans sa plaquette : « Même ceux qui n'ont jamais lu un auteur suédois connaissent au moins l'une de nos distinctions littéraires, le prix Nobel décerné par l'Académie suédoise. »

Le patron de la fondation Nobel, terrorisé par les coups portés à la réputation de sa marque, le sait : « En Suède, les gens ont bien compris que le problème vient de l'Académie suédoise, mais sur le plan international, c'est *The Nobel prize Academy*, les gens ne font pas la différence et l'image du Nobel a plus souffert sur le plan international qu'au niveau suédois. »

Pourtant, en cette période de crise, la question se pose : la Suède mérite-t-elle vraiment le Nobel ?

La Suède serait-elle encore la Suède sans les prix Nobel ? Ce prix prestigieux, le plus prestigieux dans les domaines qu'il couvre, n'est-il pas devenu trop grand pour ce petit pays ?

Nobel ne fonda jamais de famille. Son testament définitif est établi au cours de l'automne 1895 au Cercle suédois de Paris. La donation est astronomique. Quand le testament Nobel est ouvert, il fait l'effet d'une bombe, tant la somme est énorme pour l'époque, 31 millions de couronnes. Soit dans les 170 millions d'euros aujourd'hui.

Nobel précise que cet argent sera versé à une fondation, et indique qui décernera les prix : le Parlement norvégien pour la paix, l'Institut Karolinska de Stockholm pour la médecine, l'Académie suédoise des sciences pour la physique et la chimie, et enfin l'Académie de Stockholm pour le prix de littérature. Seulement l'Académie…

Or il existe deux académies littéraires à Stockholm. L'Académie suédoise et l'Académie royale suédoise des belles-lettres. Dans cette dernière ne siègent que des chercheurs, pas d'écrivains. La fonction de l'Académie suédoise était de s'occuper de la langue suédoise. Tandis que le latin, le grec et tout le reste étaient du ressort de l'Académie des belles-lettres. Il n'était pas absurde de penser que la littérature mondiale serait plus à sa place dans l'Académie des belles-lettres. Stephen Farran Lee est d'avis que l'Académie suédoise l'a emporté parce qu'elle avait un peu plus d'éclat.

En cet hiver 1897, l'exécuteur testamentaire d'Alfred Nobel approche donc l'Académie suédoise. Mais l'affaire se présente mal.

Seul le Parlement norvégien a immédiatement répondu présent. Les autres ont dans un premier temps été sceptiques. L'Académie suédoise se divise. Jusque-là, elle s'était plutôt occupée de décerner des bourses à de pauvres poètes suédois. Elle n'est tout simplement pas habituée au monde littéraire international. Les académiciens sont paralysés par l'énormité de la tâche. On va se ridiculiser ! On va se moquer de nous dans le monde entier ! L'Académie va-t-elle risquer de se transformer en tribunal de la littérature cosmopolite ? Veut-elle vraiment s'exposer au malaise, aux pressions, envies, insatisfactions et calomnies qui accompagneront sans aucun doute une telle mission ?

D'autant que l'Académie n'est plus que l'ombre d'elle-même.

Gustav III, qui l'a créée sur le modèle de la française, voulait garantir l'indépendance financière de sa créature. Il lui avait confié l'édition du *Post-och Inrikes Tidningar*, le journal officiel suédois, afin de lui assurer des revenus stables. Ce journal, intimement lié aux affaires de l'État, avait une grande influence sur le débat suédois. Avec ses distributions de prix et ses concours d'écriture, il maintenait les écrivains sous sa coupe. Lorsqu'un marché du livre indépendant commença à se développer, les écrivains ne furent plus aussi tributaires des Dix-huit. À la fin du XIXe siècle, lorsque les mouvements populaires émergent en Suède, qu'il s'agisse des syndicats, des ligues de tempérance ou des églises libres, l'Académie périclite.

L'époque, donc, où l'exécuteur testamentaire de Nobel frappe à sa porte.

Celui qui lui ouvre, faisant fi des inquiétudes des autres immortels, est le secrétaire perpétuel, Carl David af Wirsén, lointain prédécesseur d'Engdahl.

Carl David af Wirsén est entré à l'Académie, fauteuil 8, en 1879, à 37 ans. Fils d'officier, comme Horace Engdahl. Quatre ans plus tard, il est élu secrétaire perpétuel (Engdahl fut plus rapide : deux ans). Il est membre d'un club fermé, la Société sans nom. Engdahl avait le magazine *Kris*. Connu pour être un critique à la plume dure. Comme Engdahl. La supportant lui-même très mal. Horace Engdahl semble plus détaché quand on s'attaque à lui : être un temps l'homme le plus détesté de Suède semble l'émoustiller.

Lorsque Ragnar Sohlman, l'exécuteur testamentaire d'Alfred Nobel, se présente, Wirsén voit qu'il y a beaucoup d'argent en jeu. De quoi flatter les ambitions d'un homme tel que lui, d'autant qu'il est extrêmement controversé.

Wirsén prend à témoin les générations futures d'académiciens : ne trouveront-ils pas étrange que, par confort, l'Académie ait renoncé à une position influente au sein de la littérature mondiale ? Wirsén emporta la bataille par douze boules en sa faveur.

Dans la crise actuelle, certains se sont demandé si cette Académie des belles-lettres, fonctionnelle, ne pourrait pas remplacer opportunément cette pauvre Académie suédoise. Le secrétaire de ladite Académie se répandant d'ailleurs volontiers dans les médias pour dire que son académie était prête à relever le gant, d'autant qu'elle avait de longue date réformé ses statuts pour les moderniser.

Durant des mois, le bras de fer se poursuit entre Académie et Fondation pour sauver ce qui peut l'être sans perdre la face ni ses prérogatives. La Fondation, très pointilleuse sur la réputation de la marque Nobel, réclame que l'Académie mette sur pied un nouveau comité Nobel indépendant de l'Académie pour décerner le prix de littérature. L'Académie se cabre, se braque. Refuse de céder.

Elle veut nommer quatre nouveaux académiciens en remplacement des quatre qui ont fait sécession durant le printemps. Mais la pression est trop forte. Elle doit céder. Un nouveau comité Nobel est mis sur pied, composé de cinq académiciens et de cinq experts extérieurs. Mission : nommer des candidats pour les prix 2018, 2019 et 2020. Un pas.

Après d'intenses négociations, on apprend que les membres de l'Académie ont finalement convenu que la présence de Katarina Frostenson n'était plus souhaitable. Reste à s'arranger sur les conditions de son départ. Deux nouveaux académiciens vont aussi être nommés rapidement, permettant à l'Académie d'atteindre le fameux quota de douze membres requis pour fonctionner.

L'un des entrants va occuper le fauteuil 1, celui historiquement dédié à un juriste. Il n'est autre qu'Eric M. Runesson, le médiateur qui est intervenu au plus fort de la crise, soupçonné par la phalange engdahlienne d'être en service commandé pour le roi et la fondation Nobel. « La bande du bunker a dû se rendre. Les adultes dans la salle ont gagné », respire un éditorialiste.

Anders Olsson, qui dirige l'Académie depuis le départ de Sara Danius, avouera plus tard : l'Académie a vraiment été sur le point de s'écrouler totalement à ce moment-là. La situation de Frostenson bloquait tout. Même ses partisans ont fini par en convenir.

Pendant ce temps, des écrivains, des critiques littéraires et un traducteur rejoignent le comité restreint, la salle du Graal. Un peu étonnés, parfois, comme Rebecka Kärde. À 27 ans, elle a obtenu quelques mois plus tôt le prix de l'Académie suédoise de la critique, 10 000 euros. Je ne sais pas encore si j'ai épousé un prince ou si j'ai obtenu un boulot aux écuries royales, dit-elle de sa nomination.

L'écrivain Kristoffer Leandoer n'hésite pas à accepter la mission. « Le prix Nobel, souligne-t-il, rend la littérature visible pour le monde entier un jour de l'année, et visible pour des gens qui ne pensent peut-être pas tellement à la littérature au jour le jour. »

Un pas. Mais pas suffisant pour le patron de la fondation Nobel depuis 2011, Lars Heikensten, qui écrit qu'il est encore trop tôt pour dire s'il sera possible de décerner un prix Nobel de littérature en 2019, certain, grâce aux lauréats des autres disciplines, que l'absence de prix de littérature ne créera pas un grand vide.

L'épée de Damoclès pendouille toujours.

12.

Petits meurtres chez les Nobel

« Tu veux savoir qui a obtenu le prix Nobel de littérature ? »

Moritz Adamsson se pencha en avant et la regarda. Ils venaient de terminer leur dîner dans la salle à manger du château. Maintenant ils étaient assis dans les fauteuils verts en peau, avec leur première bière du soir, prise au bar. Helena Waller se recula. « Qu'est-ce que tu veux dire, dit-elle, tu ne peux pas savoir déjà maintenant ?

— Si. L'Académie suédoise s'est prononcée. Ils ont l'habitude de décider assez vite après l'été, même si l'annonce n'a lieu qu'en octobre.

— Oui, mais… tu ne sièges pas à l'Académie ? »

Elle l'observa. Moritz Adamsson était président de la fondation Hans-Viksten qui venait d'arriver au terme de la première des deux journées de réunion dans l'ambiance de ce château de la plaine du Västergötland.

Elle faisait également partie du conseil d'administration, mais avait autre chose en commun avec Moritz.

Depuis un peu plus d'un an, elle écrivait aussi en secret ses discours. Tous deux prenaient soin de ne pas en parler lors des séances du conseil.

« Non, je ne siège pas à l'Académie suédoise. » Moritz fit une pause étudiée. « Mais ma femme si, comme tu le sais sans doute. »

Helena rit. « Et tu veux dire qu'elle t'a raconté qui aura le prix ? Excuse-moi, mais j'ai du mal à y croire. Surtout après tout ce qui s'est dit sur les fuites au sein de l'Académie. »

On s'y croirait.

Pourtant, ce texte provient d'un polar publié trois ans avant l'affaire, en 2014. Dans *Rappelez-vous de moi comme d'un ange* (Piratförlaget, non traduit), Kristina Appelqvist raconte l'histoire d'Helena, chercheuse en littérature, spécialiste de Joyce Carol Oates. Si l'héroïne racontait aux tabloïds qu'une académicienne révélait à son mari le nom du lauréat et que lui-même le lui disait, sa carrière serait terminée. Au fil des pages, je relève des situations ou dialogues où l'on pourrait sans problème imaginer Jean-Claude Arnault et Katarina Frostenson.

« Ma femme ne révèle pas des informations secrètes à la cantonade. Elle m'a raconté à moi, son mari, ce qui n'a rien de bizarre. Tout le monde fait ça à l'Académie suédoise. »

Plus loin, on comprend que Moritz reste marié avec sa femme académicienne pour continuer à profiter de sa position et des avantages qu'il en retire.

Et quelques dizaines de pages plus tard, nous trouvons deux membres de la fondation Nobel qui se déchirent par médias interposés, sur la monarchie certes, mais tout de même.

Lorsque Kristina imagine ce polar, elle a trois idées en tête : évoquer Karen Blixen, les fuites qui touchent le prix Nobel de littérature, et le monde des prête-plume.

L'année où Harold Pinter a reçu le prix Nobel de littérature, en 2005, Ebba Witt-Brattström, alors mariée à Horace Engdahl, à cette époque secrétaire perpétuel de l'Académie, se voit demander par un journaliste qui va obtenir le prix. Elle répond par une pirouette Harry Potter. Rires. Quelques heures plus tard, Harold Pinter est publiquement consacré. Nom de code. Après coup, le journaliste s'est dit qu'il aurait dû deviner. Pour Kristina, cela veut surtout dire que l'épouse d'un académicien savait, qu'il y avait donc des fuites. Depuis que l'affaire a éclaté, il est d'ailleurs devenu de notoriété publique qu'au moins les époux/épouses sont au courant, souvent, et ceux qui préparent les communiqués. Quand Jean-Marie Le Clézio, nom de code Chateaubriand, a obtenu le prix, des sites de pari ont bloqué les mises sur son nom tant ça s'emballait. Pour Le Clézio, Arnault a été montré du doigt comme celui qui avait fui. Mais cela a pu venir de bien d'autres.

Quand le roman policier de Kristina sort en 2014, un critique constate que c'est bien peu malin de s'en prendre à l'Académie. Tellement irréaliste ! Sur le moment, Kristina se dit qu'il avait peut-être raison. Aujourd'hui, elle sourit bien sûr. Quand l'affaire éclate, elle se pince. Replonge dans son livre. C'était exactement ça, l'affaire #MeToo en moins. Elle publie des captures d'écran de son livre sur son compte Facebook. Comme cette citation de l'un de ses personnages, qui regrette que Karen Blixen n'ait pas été récompensée : « Le prix Nobel de littérature est décerné par un ramassis de chercheurs et d'écrivains médiocres qui choisissent un lauréat aussi médiocre qu'eux en croyant qu'ils ont trouvé un génie. »

Après coup, Kristina considère qu'elle a été un peu trop gentille. Passé la stupéfaction, elle se demande si cette histoire n'a pas pris de telles proportions en Suède justement parce que c'est tellement peu suédois. Les Suédois ont confiance dans leurs institutions, assène-t-elle. Jusqu'à preuve du contraire.

Kristina n'est pas unique. Le prix Nobel comme élément d'intrigue inspire d'autres auteurs de polars. Le prix Nobel éveille la jalousie partout, même des autres prix. Un atout irrésistible pour un auteur.

Le prix Nobel de littérature est le plus populaire parmi les auteurs de polars. Tandis que le prix d'économie à la mémoire d'Alfred Nobel (le faux Nobel de la bande) n'a intéressé personne à ce jour et que les prix scientifiques inspirent plus les auteurs étrangers.

Le prix Nobel est utilisé comme un marqueur, bien pratique dans la littérature populaire. Il signale le côté exceptionnel et hors du commun d'un personnage. Il signale aussi la culture raffinée, à l'opposé donc de ce que l'on imagine être l'univers du polar. Et ça fonctionne, estime l'auteur d'une étude sur ce sujet, parce que même les lecteurs de romans policiers sont fascinés par cette culture raffinée, pour la bonne raison que derrière le prix Nobel, on trouve le prestige, l'argent et la compétition, autant d'éléments qui marchent très bien dans le polar.

Dans certains cas, l'intrigue repose sur un lauréat qui obtient un prix pour une œuvre réalisée par quelqu'un d'autre.

Les polars qui s'intéressent au Nobel en profitent aussi pour y glisser de subtiles critiques contre cette culture raffinée, contre ses membres, en mettant en scène des gens qui ont menti pour arriver là où ils sont. On y voit une forme de revanche contre des lauréats qui sont considérés comme illégitimes. Le prix Nobel en tant qu'institution n'est jamais critiqué. Personne non plus pour estimer que la Suède ne serait pas digne de décerner un tel prix.

Dans *Akademimorden* (Norstedts, 2013), l'auteur Martin Olczak fait assassiner les académiciens les uns après les autres. En commençant par le secrétaire perpétuel de l'Académie suédoise, abattu par un vieux pistolet à poudre. Dès la couverture, la silhouette de Strindberg met le lecteur en situation, Strindberg qui n'a jamais obtenu le prix Nobel de littérature, à cause de l'opposition bornée de Wirsén, secrétaire perpétuel à l'époque.

Michael Mortimer démarre son *Jungfrustenen* durant le banquet Nobel, tout comme *Nobels testamente* de Liza Marklund, où une tueuse à gages qui perd un soulier élimine la présidente du comité Nobel de l'Institut Karolinska et blesse le prix Nobel de médecine israélien. Sous les yeux des invités.

Dans *Nobelpris till mördaren ?* (*Prix Nobel pour l'assassin*, Le Masque, 1969), Bengt Söderbergh situe son action dans le petit village italien de Campomoro où un poète américain et un romancier italien, tous deux candidats potentiels au prix Nobel de littérature, disparaissent à quelques jours de l'annonce du prix.

Dans le roman *The Prize*, adapté au cinéma avec Paul Newman dans le rôle principal, Irving Wallace raconte l'histoire d'un lauréat du prix Nobel de littérature qui vient à Stockholm recevoir son prix et se trouve impliqué dans une affaire d'espionnage.

Dans *Skugga* (2007, paru en France chez Plon sous le titre *Ténébreuses*, 2008, Points policier 2009), Karin Alvtegen évoque l'impact d'un prix Nobel sur l'entourage. Secrets de famille à foison.

On y découvre un prix Nobel de littérature, Axel Ragnerfeldt, qui vit prostré et muet dans une maison de retraite, écrasé par le poids des souvenirs, des mensonges qui l'ont conduit à la consécration et la peur que son secret soit révélé. Autour de lui, une épouse, qui crut un temps que la carrière d'écrivain s'ouvrait à elle, avant de se résigner à la gloire de son grand homme. Effet domino sur le reste de la famille, sur les amitiés, et rebelote sur la génération suivante, tout se répète, de secrets en drames. Lente pourriture à laquelle personne n'échappe.

Une intrigue assez proche de celle racontée dans *The Wife*, le film réalisé par Björn Runge et inspiré du roman de l'écrivaine américaine Meg Wolitzer (sorti en France sous le titre *L'Épouse*, 2005, Grasset). Joe Castleman y reçoit le prix Nobel de littérature, alors que sa femme est celle qui, dans l'ombre, écrit les livres qu'il édite par la suite.

De la fiction, retour à la réalité.

Un lundi de novembre 2018. Une explosion ébranle un immeuble de Mariatorget, en plein cœur de l'île de Södermalm, à Stockholm. L'immeuble, apprend-on très vite, appartient à l'Académie suédoise. Plusieurs personnes haut placées au sein de l'administration de l'institution y habitent. La première alerte est parvenue à 3 h 27 du matin. Des dégâts sont constatés dans la cage d'escalier du hall d'entrée. On apprend qu'un des académiciens y logeait son fils, mais que ce dernier sous-louait l'appartement jusqu'à ce qu'on découvre l'affaire et qu'on lui retire le contrat. Un des fils d'Horace Engdahl et Ebba Witt-Brattström y loge également.

Anders Olsson, secrétaire, répond aux spéculations : « À ma connaissance, l'Académie ne fait pas l'objet de menaces. »

13.

Le gendarme de Winteko

Ce matin-là, lundi 12 novembre 2018, dix procès démarrent à la même heure, 9 h 30, à la cour d'appel de Stockholm.

À 9 h 37, les portes de la salle 15 s'ouvrent pour le public d'Arnault. En fait, presque uniquement des journalistes. Une vingtaine. Aucune fouille à l'entrée. La voiture par laquelle l'accusé est arrivé une heure plus tôt, menottes aux poignets, est toujours garée devant l'entrée du 10. Une Volvo V50 diesel de l'administration pénitentiaire. Visiblement, on ne craint pas d'opération commando pour libérer *un gran error*.

Jean-Claude Arnault, jugé pour viol, est le quatrième à cette heure sur la liste affichée dans le hall.

Le cinquième, en salle 2, est un génocidaire, un Rwandais qui habite en Suède depuis une vingtaine d'années, Theodore Tabaro, condamné en première instance à la prison à vie. Je n'avais pas prévu de suivre son procès, mais je me retrouverai à me rendre à ses audiences durant les six mois qui suivront. J'y serai la plupart du temps le seul journaliste. Au côté d'un couple de vieux Suédois, venu soutenir l'accusé. L'homme est le fils d'un missionnaire suédois qui a travaillé en Afrique, au Rwanda notamment, au Congo aussi. Ils me raconteront qu'ils connaissent bien Denis Mukwege, le gynécologue congolais, l'homme qui répare les femmes, qui doit venir quelques semaines plus tard chercher son prix Nobel de la paix. Il y a des hasards comme ça.

Dans le public d'Arnault, j'ai l'impression que personne n'est là pour le soutenir.

Pour Tabaro, les accusations de viols paraissent presque anecdotiques face aux autres chefs d'accusation. D'ailleurs, la cour ne cherche pas trop de ce côté-là, faute de témoignages. Les preuves sont suffisantes pour établir qu'il y a eu plusieurs attaques dans le secteur Winteko, dans le sud-ouest du Rwanda, ainsi que dans l'école et la chapelle de Nyakanyinya, plus une attaque au monastère de Mibilizi. Autant de cas où la présence de l'ancien gendarme de Winteko est avérée. Présence et participation. Encouragements, incitations. Meurtres et tentatives de meurtre.

Desquelles ont résulté la mort de plusieurs centaines de personnes.

La défense plaide la conspiration. Tabaro serait victime d'un complot ourdi par le régime en place à Kigali, car il a témoigné à charge contre un Rwandais accusé d'espionner ses compatriotes réfugiés en Suède pour le compte du pouvoir rwandais. L'espion sera condamné, puis expulsé.

L'avocat de Tabaro, un ancien ministre social-démocrate suédois de la Justice, fait intervenir des experts en psychologie des témoins. Objectif : décrédibiliser les témoins cités par la défense et par le procureur.

La même technique qui sera utilisée par l'avocat d'Arnault. Dans son cas, la plupart des plaignantes ont finalement été écartées. Prescription dans certains cas. Insuffisance de preuves. Comme presque toujours dans les affaires sexuelles.

20 300 délits sexuels ont été déclarés à la police suédoise en 2016, dont un tiers qualifiés comme viols, tandis que le nombre de personnes condamnées pour viol est relativement stable, de l'ordre de 200 par an au cours des quarante dernières années, avec une augmentation progressive au cours des dernières années. Une condamnation pour cent plaintes. Et les agressions non déclarées ? Une condamnation pour combien d'agressions ? Deux cents, trois cents ?

La notion beaucoup plus large de délit sexuel appliquée par la Suède explique aussi en grande partie qu'elle compte parmi les pays au monde où se commettent le plus de viols, ce dont se gargarisent les adeptes du Suède-bashing qui s'empressent de mettre ça sur le dos de la politique « immigrationniste » de ces bisounours de Suédois.

En 2005, la loi sur les délits sexuels avait été changée de façon à élargir les cas pouvant être qualifiés de viols, par exemple des cas de viols au sein du couple ou encore des relations sexuelles avec des enfants sans usage de violence. Par ailleurs, en Suède, chaque événement est enregistré en tant que tel. « Si mon mari me viole 52 fois pendant l'année, cela fera 52 cas dans les statistiques tandis que ça ne serait compté qu'une seule fois dans d'autres pays », expliquait une experte du Conseil de prévention des crimes.

Les violeurs, tous des immigrés ? Le criminologue Jerzy Sarnecki balaye l'argument. Tout en constatant que les immigrés sont de fait surreprésentés dans les cas de viols résolus par la police. Notamment parce que les victimes de violences sont plus enclines à porter plainte dans le cas d'un délit commis par un immigré et parce que la police est plus encline à enquêter et porter devant le procureur une affaire où est impliqué un suspect d'origine étrangère.

Jean-Claude Arnault reste assis, l'air ratatiné, entre deux avocats, lunettes aux larges branches noires, pull beige col en V, chemise bleu ciel, les mains disparaissant sous le pupitre, les cheveux noirs aux tempes grisonnantes ramenés en arrière, à part une petite mèche rebelle qui tournicote et tombe sur le milieu de son front, une petite mèche noire à l'allure de queue de cochon.

Mercredi 14 novembre. Katarina Frostenson, sa femme, arrive à la cour d'appel de Stockholm. Il est près de 9 heures. Elle marche au côté de l'avocat de son mari, le même qui avait défendu Julian Assange. Pas de commentaires.

Jean-Claude Arnault gémit. « Je me sens si mal. Toute ma vie est détruite pour quelque chose que je n'ai pas fait. Je ne trouve pas les mots. »

Maintenu en détention à l'issue du procès en appel, en attente du jugement, ce qui pourrait laisser penser que la cour d'appel pencherait pour une peine de prison, soit la confirmation de la première peine de deux ans pour un viol, soit une peine aggravée qui prendrait en compte le second viol.

Au même moment ce mercredi, on attend le verdict à Paris dans le procès Tron, ex-secrétaire d'État que l'avocat général a comparé à un comte Dracula vampirisant ses victimes. Six ans de prison ferme requis pour les viols de deux de ses anciennes employées. Le verdict est attendu jeudi, plus de sept ans après les dépôts de plainte, en mai 2011.

La crise de l'Académie a éclaté depuis un an, presque jour pour jour. Qu'en ressort-il ? L'Académie a survécu. Pour l'instant. Ceux qui étaient prêts à parier qu'elle allait imploser en vol, ne passerait pas l'été, serait dissoute par le roi ou le Saint-Esprit, ont perdu. Katarina Frostenson est toujours là. Horace Engdahl est toujours là.

Bien sûr, l'Académie est encore prise de soubresauts. Le bras de fer entre Engdahl et le roi se poursuit. La question Katarina Frostenson n'est pas réglée. Elle peut encore tout faire basculer. Une autre académicienne vient d'ailleurs de demander à quitter l'Académie, un an seulement après l'avoir rejointe. Mais deux nouveaux membres sont déjà annoncés. Contrairement aux prédictions de ce printemps. Qui pourrait bien accepter de rejoindre un club si pourri ? s'exclamait-on alors, prédisant la disparition de l'Académie. Évidemment, les candidats n'ont pas manqué. Tout est question de récit. On peut même parier que si, en l'état, un prix Nobel de littérature avait été attribué, l'écrivain récompensé ne l'aurait sans doute pas refusé. On aurait trouvé le moyen de trouver ça parfaitement acceptable.

Mais en cet automne 2018, l'Académie et la Suède légale sont entre deux eaux. L'Académie peut encore basculer dans le pire. Et la Suède se cherche toujours un gouvernement, plus de deux mois après les élections législatives, sans voir la moindre issue. Événement historique : pour la première fois de son histoire, un candidat au poste de Premier ministre, le sortant, social-démocrate, a été retoqué par le Parlement, où l'extrême droite, en position de blocage, tente de négocier son soutien.

Automne pourri.

Arnault sera-t-il acquitté ?

Georges Tron a nié les faits reprochés, estimant que le ressentiment des ex-employées avait été exploité par ses opposants d'extrême droite. Pour l'avocat général, Tron avait abusé de son pouvoir avec ses subordonnées puis tenté de politiser une affaire purement sexuelle.

La même impression m'était restée après l'affaire Assange. Julian Assange, soupçonné d'agression sexuelle et de viol de deux Suédoises en août 2010. Poursuivi par la justice suédoise, il avait entraîné WikiLeaks derrière lui au nom d'un supposé complot mêlant les juges suédois et la CIA, et faisant soudain de la Suède une république bananière alors qu'Assange comptait y déposer une demande de permis de séjour quelques semaines plus tôt, estimant que le pays scandinave était le seul capable d'assurer la sécurité de WikiLeaks. Étrange comme les bananes poussent vite en Scandinavie. Le réchauffement climatique, sans doute.

Ce 16 novembre, le jugement tombe. Aucune preuve de contrainte n'a pu être apportée. Tron est acquitté.

Quelques jours plus tard, début décembre, le verdict tombe pour Arnault. Deux ans et demi. Six mois de plus qu'en première instance. L'avocat du Français déclare dans la foulée qu'il compte faire appel auprès de la Cour suprême. Ce qu'il a peu de chance d'obtenir. L'avocat évoque « le tsunami de haine » auquel Arnault est exposé, les menaces qu'il a reçues lui-même ainsi que sa famille, la peur de certains témoins de venir témoigner au profit de son client.

Étrange écho au procès Tabaro, où son avocat affirmait, au contraire, que les témoins avaient témoigné à charge contre son client par peur parfois de représailles.

Katarina Frostenson exige des excuses de l'Académie pour la façon dont elle et son mari ont été traités. Frostenson a brandi la carte du racisme, prétendant que son mari a été traité ainsi par xénophobie.

Le verdict aggravé en appel satisfait, provoque. Lena Andersson, écrivaine qui a dans le passé défendu Horace Engdahl, s'étonne. Son reproche : que la cour n'ait pris en compte que les gestes commis à chaque occasion, qu'elle n'ait pas pris la peine de prendre du recul et de passer au grand angle, à savoir, la victime, violée une première fois (on comprend qu'elle met des guillemets à « violée »), rencontre à nouveau Arnault et va jusqu'à dormir à ses côtés, quand le second viol aura lieu.

La justice suédoise est ainsi faite. On regarde le fait, hors de son contexte. J'en ai moi-même été surpris en suivant le procès de l'assassin d'Anna Lindh, la ministre social-démocrate des Affaires étrangères poignardée en 2003. Mijailo Mijailović, le meurtrier, affirmait avoir entendu des voix qui ordonnaient, à la vue de cette femme, de la tuer.

Ce qui intéressait la justice suédoise ? Relier techniquement la scène de crime au meurtrier. Les circonstances du crime étaient secondaires, voire inintéressantes. Dans le cas d'Anna Lindh, le procès s'était penché sur le parcours de Mijailo Mijailović le jour du meurtre, le couteau qu'il avait utilisé, les traces sanglantes et autres. Nul mot sur le contexte de revanche politique dans lequel ce jeune Serbe avait grandi, imprégné de haine contre la Suède pour son soutien, exprimé publiquement par Anna Lindh, au bombardement de Belgrade en 1999 par l'Otan.

Longtemps après son procès, Mijailović a reconnu dans des interviews qu'il n'avait jamais entendu de voix, comme il l'avait prétendu avant et pendant le procès. Tout était inventé, avait-il reconnu. Ce n'était que du bluff. Condamné à la prison à vie, il est depuis quelques années dans un hôpital psychiatrique.

L'assassin du Premier ministre Olof Palme reste inconnu. Plus d'une centaine de personnes se sont accusées du meurtre. Un groupe au sein de la police continue à travailler sur l'enquête et à traiter les tuyaux qui arrivent encore, semaine après semaine.

Les Suédois ont renoncé aux poursuites contre Assange, en estimant que ça n'avait pas de sens étant donné les circonstances. Précisant que cela ne revenait en rien à le laver des soupçons de viols. Le 11 avril 2019, Julian Assange a été arrêté à l'ambassade d'Équateur à Londres.

Le 29 avril 2019, la cour d'appel de Stockholm

relaxe Theodore Tabaro de certains chefs d'accusation, mais confirme sa condamnation à la prison à vie.

Dernier état connu de Jean-Claude Arnault, au printemps 2019 : prostré dans sa cellule.

14.

La Terre promise

En route pour le festival Le Manifeste à Grande-Synthe, dans le nord de la France, pour parler des Sami, de leurs luttes pour exister en tant que peuple dans cette Europe du Nord qui les étouffe en dépit des bons sentiments affichés. Je suis plongé dans le recueil des grands reportages de Joseph Kessel sur Israël, publiés entre 1926 et 1961 (collection Texto dirigée par Jean-Claude Zylberstein, Tallandier, 2018). Terre d'amour et de feu. Kessel, une longue histoire dans la famille. Mon père a patiemment réuni ses œuvres complètes en édition originale, conservées dans la maison familiale du midi de la France. Mon père me trouvait parfois des façons kesseliennes, cette malice à faire d'un article vendu à plusieurs médias un documentaire, et pourquoi pas un livre.

Donc, Kessel, Palestine, 1926 : « Quel pays est donc capable de porter sans les trahir un fardeau si écrasant de rêveries, une tradition quasi divine ? » De quoi Kessel parle-t-il ? Jérusalem ? Stockholm ?

Après tout, la Suède n'est-elle pas aussi cette Terre promise pour les progressistes du monde entier ? L'an prochain à Stockholm !

Quand Alfred Nobel naît en 1833, la Suède est l'un des pays le plus pauvres d'Europe. Stockholm est l'une des villes les plus sales. C'est la misère.

Il y a une famine en Suède en 1867, les gens émigrent en Amérique, et il ne s'agit pas de quelques aventuriers, c'est une émigration de masse. Et une émigration de nécessité. En tout, près d'un tiers de la population émigrera en quelques décennies. Beaucoup pour fuir la pauvreté, d'autres pour échapper à l'emprise étouffante de l'Église officielle. Quand Nobel meurt en 1896, la Suède a progressé par rapport à l'époque de son enfance, mais elle est encore loin de la grande croissance du pays qui se déroulera vraiment après la Seconde Guerre mondiale. À l'époque où le premier prix Nobel est décerné, en 1901, l'industrialisation vient de commencer, la Suède est encore un pays pauvre, il n'y a pas d'État-providence, ce n'est pas une démocratie, le parlementarisme vient d'être introduit mais les femmes n'ont pas le droit de vote et on vote en fonction de sa fortune.

Pas encore la Terre promise.

Quand j'ai mis les pieds pour la première fois en Scandinavie, l'été 1992, pour retrouver ma Suédoise, j'ai fait le voyage en train. Montpellier-Stockholm, et retour. Plusieurs fois. À l'époque, l'avion coûtait plus cher que le train, il fallait un passeport, mais j'étais blond aux yeux bleus, et lorsque le train débarquait du ferry dans le sud de la Suède, on ne me contrôlait pas, à la différence des réfugiés palestiniens au passeport déjà suédois. Les petits-enfants de ceux que Kessel avait peut-être croisés. La Terre promise. Plus ou moins promise.

Dans *The Nordic Secret* (2017, Fri Tanke), Lene Rachel Andersen, auteure et philosophe danoise, et Tomas Björkman, entrepreneur suédois, cherchent les racines du miracle suédois.

Au début du XIXe siècle, la Suède est terriblement pauvre, mais sa population a l'un des taux d'alphabétisation les plus élevés au monde. Merci à l'Église luthérienne pour sa poigne de fer sur ses ouailles, à compter de la seconde moitié du XVIIe siècle. Le petit catéchisme de Luther est l'outil inoxydable utilisé par des bataillons de pasteurs pour exposer l'état des relations entre Dieu, le roi et ses sujets. Les pasteurs s'assurent que tous les Suédois savent lire pour comprendre ce qu'on attend d'eux, à savoir une obéissance aveugle au manuel de Luther, et par-delà, au roi (la liberté religieuse complète, avec le droit de quitter la foi luthérienne, ne date que de 1952 en Suède). La pression sociale qui en découle est énorme. Dans les fermes, chacun doit se soumettre une fois l'an à un interrogatoire sur la lecture et la connaissance de la Bible. Les adultes qui échouent sont privés du droit de communier. Et sans communion, pas de confirmation, sans confirmation, pas de mariage.

Excellentes capacités de lecture, notent les auteurs, mais pas de libération de l'esprit.

Au XIXe siècle, les paysans suédois lisent. Ils lisent le petit catéchisme de Luther, éventuellement un livre de psaumes, courbent l'échine. Mais, à la différence des paysans danois ou norvégiens, ils ne sont pas serfs. Un royaume de paysans libres, sachant lire, avec son quart-état au parlement.

Cet apprentissage précoce de la lecture, certes sous la contrainte, participe à faire de la Suède le pays qu'il est devenu, où l'exigence de formation est vue comme un devoir national, hérité de l'esprit du *Volksbildung* allemand.

Cette tendance se développe encore au début du XIXe siècle. Après cinq cents ans de présence et de colonisation, la Suède vient de perdre la Finlande récupérée par la Russie. Un désastre. On broie du noir à Stockholm. Les Suédois cèdent aux sirènes du romantisme et du nationalisme qui prospèrent ici sous le nom de gothicisme. Romans, nouvelles, poèmes, chansons et peintures peignent les Suédois héroïques des anciens temps, le mythe viking fait son apparition, construction politique du XIXe siècle pour transcender l'âme norroise, rappeler un passé victorieux et dire aux voisins qu'ils feraient mieux à l'avenir d'éviter de se frotter aux Suédois en particulier, aux Scandinaves en général, vu que coule dans leurs veines le sang de terribles guerriers pilleurs et violeurs, et qu'il ne faudrait pas le réveiller. Las ! depuis ce temps-là, les Suédois n'ont plus jamais fait la guerre. La menace a semble-t-il été efficace…

Au milieu du XIXᵉ, l'Église a la main plus dure encore, les amendes pour manquement au Livre sont plus lourdes, la pauvreté reste abyssale, orphelins et pauvres sont vendus à celui qui réclame le moins de soutien de l'État, c'est-à-dire de l'Église. Les abus sont légion, la misère dévaste tout, la Suède connaît cette vague d'émigration sans précédent entre le milieu du XIXᵉ siècle et le début de la Première Guerre mondiale.

La plupart se retrouvent dans le Minnesota, État du Midwest à la frontière du Canada, un État de lacs, comme la Suède, qui lui ressemble beaucoup, peuplé de 5,3 millions d'habitants (la Suède en compte 10 millions). Où le romancier Vilhelm Moberg envoie s'installer ses personnages Karl-Oskar et Kristina dans *La Saga des émigrants*. Le slogan du Minnesota : the Star of the North, l'étoile du Nord. Nom de la médaille reçue par *kulturprofilen*. Le Minnesota, qui passe pour être plus social-démocrate et progressiste, a résisté à la pression trumpiste en 2016. Bob Dylan, couronné du Nobel de littérature trois semaines avant l'élection de Trump, en est originaire.

À l'époque, tous les Suédois ne se résignent pas à voir leur pays sombrer dans l'obscurantisme, à l'instar d'August Sohlman, rédacteur en chef d'*Aftonbladet*, le quotidien le plus libéral de l'époque. Pour éduquer les masses, lui et d'autres lancent le mouvement des écoles supérieures populaires, toujours très actif de nos jours, où syndicats, églises libres et partis politiques organisent des cercles d'études très courus.

Aller de l'avant, toujours, et mieux que les autres, par peur d'être oublié, là-haut. Les Suédois souffrent d'un complexe d'isolement géographique (quand je suis arrivé en Suède il y a vingt-cinq ans, les Suédois qui partaient pour la France disaient qu'ils allaient voyager *sur le continent* ou *en Europe*). Et, dans une certaine mesure, d'un sentiment de gêne d'être restés à l'écart des deux guerres mondiales, qu'ils compensent par cette course à la modernité.

La preuve que la Suède a le statut de Terre promise ? Ses détracteurs sont aussi nombreux que ses adorateurs. Pour la nouvelle droite identitaire qui prospère dans le monde occidental en cette fin des années 2010, la Suède est le repoussoir absolu, la décadence incarnée, le pays qui a ouvert les vannes de l'immigration et qui perd son âme après avoir été un de ces pays nordiques fantasmés, berceau d'une race supérieure, parce que grande, blonde, aux yeux bleus.

Les mêmes, une génération chassant l'autre, qui ont répandu le mythe de la Suèdes qui serait un pays battant tous les records de suicides, à une époque, les années 1960, où il fallait absolument abîmer l'image d'une nation qui osait se faire le chantre d'une troisième voie entre capitalisme et communisme. La Suède était présentée comme une version à peine allégée de la

République démocratique allemande, une cinquième colonne rouge dans le camp de l'Occident, qui se cachait derrière sa neutralité.

Le président américain Dwight D. Eisenhower, lors d'un discours à Chicago en 1960, pointa du doigt la Suède socialiste et son soi-disant record mondial de suicides, ce qu'il liait à un État qui assistait de façon exagérée ses citoyens. C'était du *fake news* dans les grandes largeurs, Eisenhower avoua sa faute deux ans plus tard, mais le mal était fait, alors que la Suède est dans la moyenne internationale des suicides.

Tout ce qu'ils haïssent se concentre ici : un féminisme militant et triomphant, qui ne baisse jamais la garde, un égalitarisme auquel on peut attribuer les mêmes qualificatifs, une bien-pensance parfois agaçante, un côté donneur de leçons-premier de la classe, incarné ces derniers temps par la jeune égérie de la lutte contre le réchauffement climatique, Greta Thunberg, qui réussit à catalyser des bataillons entiers de cyniquo-sceptiques qui sont persuadés, sans rien savoir, que la jeune Suédoise est manipulée.

Les auteurs de polars suédois ne s'y sont pas trompés. En démolissant le mythe, ils ont assuré leur succès.

Comme la France, la Suède est un pays missionnaire. Beaucoup de Suédois pensent que la Suède a une obligation particulière de régler les problèmes du monde. Les Français exportent la révolution de 1789 et les droits de l'homme, les Suédois vendent le modèle nordique et la social-démocratie. Match nul. Les deux fabriquent des armes, non sans succès. Dans les deux cas, elles sont vendues à des gens qui ne s'en servent pas pour tuer, promis.

Il m'a fallu des années, le temps d'apprendre le suédois et de passer inaperçu (blond aux yeux bleus, ça aide, tant qu'on n'entend pas mon accent), pour saisir cette vérité que bien peu de Suédois osent énoncer frontalement, mais qu'ils pensent profondément : la Suède est le pays ayant le système de société le plus abouti au monde. Une fois qu'on a intégré ça, vous pouvez leur raconter n'importe quoi, les Suédois vont vous écouter avec attention, le temps qu'il vous plaît (à la différence des Français qui vous coupent la parole pour n'importe quoi), mais ils n'en penseront pas moins : leur système est meilleur. Les Français, qui s'évertuent à convaincre leurs partenaires européens d'aller vers une harmonisation fiscale et sociale pour combattre les inégalités et le dumping, se heurtent à ce mur – des Suédois qui les écoutent avec attention, aussi longtemps qu'ils veulent, mais pensent : pourquoi devrait-on aligner notre système sur celui des pays d'Europe du Sud, de l'Est, ce qui n'aurait comme unique conséquence qu'un nivellement par le bas de notre système ?

Heureusement, les classements à répétition rappellent à ceux qui ne comprendraient pas que la Suède est au-dessus de la mêlée. La Suède est le pays ayant la meilleure réputation, dixit l'étude Country RepTrak du Reputation Institut, édition 2018.

Le pays le plus ouvert, le plus progressiste, parmi les 55 pays considérés par l'enquête. Notes maximales dans la catégorie pays le plus éthique. Dans les enquêtes internationales, les pays nordiques arrivent toujours parmi les moins corrompus au monde. On plébiscite ses politiques sociales et économiques, son action en faveur de l'égalité des genres et de l'innovation technique. Le modernisme est une obsession suédoise. La pire injure est d'être *omodern*, ringard. La modernité est l'un des piliers idéologiques du royaume. Elle va souvent de pair avec une autre expression très courue, *bäst i världen* (meilleur au monde), autre obsession suédoise (pendant mes premières années en Suède, je m'amusais à relever toutes les occasions où cette expression était utilisée, j'ai fini par lâcher, j'ai eu tort…).

Tout cela modelé par une social-démocratie qui a dirigé le pays sans discontinuer des années 1930 aux années 1970, et continue à imprimer sa marque, même si l'alternance est devenue la règle à l'heure où l'extrême droite brouille les cartes.

De la *flexisécurité* danoise (un modèle qui repose sur des embauches et des licenciements faciles, des allocations théoriquement généreuses et l'accès rapide à une formation continue en cas de licenciement, ainsi qu'à une forte incitation à se rendre disponible en cas de chômage sous peine de sanctions) au *hygge*, tout aussi danois (sentiment de bien-être lié à une atmosphère intime et chaleureuse en profitant des belles choses de la vie avec les personnes que l'on aime), le modèle scandinave est devenu une arme de séduction massive à destination des consommateurs ou des électeurs.

Des pays nordiques qui cristallisent envies et frustrations, dressant un miroir sur nos incertitudes et nos contradictions, note Nicolas Escach, responsable du pôle Europe du Nord à Sciences-Po Rennes. À leur façon, ils incarnent la vieille tradition française des pays imaginaires magnifiée par les Lumières, allégories exotiques détournant notre regard pour mieux l'aiguiser, la philosophie en moins.

D'où cette interrogation, au plus fort de la crise de l'Académie : comment se peut-il qu'on compte sur le roi, en principe dénué de tout pouvoir politique, pour régler la crise, et comment se peut-il qu'une institution hors de tout contrôle, avec des statuts vieux d'un quart de millénaire, puisse encore avoir une réelle influence sur la recherche et la vie culturelle dans un pays moderne comme la Suède, qui est autrement tant imprégné des principes de transparence et de rationalité ?

Le paradoxe suédois…

La Suède est ainsi le seul pays d'Europe qui conserve la règle féodale des fidéicommis, les grands domaines agricoles qui passent encore par héritage au fils aîné et mettent hors-jeu nos règles d'héritage modernes.

Un système qui maintient les concentrations de propriété de terre et qui en outre signifie que les fils sont favorisés au détriment des filles, comme dans un roman de Jane Austen.

Où est-ce que je veux en venir en reliant la crise de l'Académie suédoise aux privilèges terriens des fils de la noblesse ? interroge une chroniqueuse.

Il s'agit de deux anomalies dans le pays le plus moderne au monde qui sinon se distingue systématiquement sur le plan international en dominant les classements sur les valeurs séculaires, modernes et individualistes et qui se place tout aussi souvent au top quand il s'agit d'innovations et d'entreprises créatives. La Suède est tout simplement un mélange unique entre hypermodernité et vieilles traditions féodales.

15.

Sous la pelouse de Vinterviken

Mon coiffeur, Dan, tient le même salon depuis 1974 dans la rue qui traverse le quartier de Gröndal, dans le sud-ouest de Stockholm, où j'ai habité quinze ans et où je conserve toujours mon bureau. Dan a l'âge d'être à la retraite, mais il s'embêterait trop à ne rien faire.

Depuis que je le connais, Dan est toujours habillé de la même manière, jean bleu clair et T-shirt blanc. Des deux sièges de son salon, il n'utilise que celui de droite, le plus éloigné de la vitrine. Entre les deux miroirs face aux sièges, il y a la photo de sa Harley Davidson bleue qu'il gare devant le salon aux beaux jours. Dan sponsorise l'équipe de foot du quartier, celle où mon fils a fait ses débuts à sept ans. Et près de vingt ans plus tard, Dan me demande toujours des nouvelles de mon gars, comme il dit.

Nous avons nos rituels avec Dan. Il m'appelle le *fransos*, et quand j'entre, je lui demande s'il accepte de coiffer un *fransos*. Il répond, « bah, je n'ai rien d'autre sous la main ». Il me demande aussi à chaque fois quelle coupe je veux pour la nuque, la coupe française ou la coupe anglaise. Je lui dis la coupe anglaise, ça le fait rire à chaque fois qu'un *fransos* demande une nuque anglaise, et à chaque fois, je fais semblant de le supplier de ne répéter à personne qu'il me fait une nuque anglaise. Ça le fait rire encore et il peut enfin se mettre au travail.

Plus suédois que Dan, il n'y a pas. Il a sa petite cabane d'été où il boit des coups avec ses copains. Il n'aime pas les hommes politiques, et il a parfois des formules un peu imagées. Comme les petits commerces de la rue sont tenus pour la plupart par des Turcs ou des Arabes, Dan qui en dépit de son âge conserve une chevelure blonde lumineuse se sent parfois un peu… cerné. Il peut dire des choses comme : « Le dernier Suédois qui part emporte le drapeau. » Quand je lui demande maintenant ce qui, selon lui, a le plus changé dans le quartier depuis 1974, il me répond sans hésiter « la population ». Je reconnais là mon Dan. Je demande : « Les immigrés ? » Il hausse les épaules, sans dévier de son coup de ciseaux. « Les buveurs de *café latte* », réplique-t-il. Il a réussi à me surprendre. « Quand j'ai commencé ici, c'était un quartier ouvrier, ça grouillait de vie. Depuis que les logements locatifs ont été transformés en appartements coopératifs privés, les ouvriers ont disparu. »

Cette transformation s'est faite notamment avec l'impulsion des sociaux-démocrates, preuve que décidément, il se passe des choses bizarres dans ce laboratoire de la social-démocratie. Avanceraient-ils masqués ? Se serait-on trompé sur eux ?

De cette époque, il reste les jardins ouvriers. Du salon de coiffure de Dan, il suffit de contourner la petite colline où j'ai habité, de longer le lac de Trekanten où l'été on se baigne et où l'hiver on patine, de passer sous le pont de la route E4 qui traverse toute la Suède du nord au sud et de s'engager dans une petite vallée calée entre deux collines qui se prolongent jusqu'au lac Mälar. Cette courte et étroite vallée est une promenade qui traverse deux zones de jardins ouvriers. Un régal au printemps et l'été.

Un souvenir de l'idéal suédois, que l'ethnologue suédois Åke Daun avait décrit sous la formule *une cabane au sixième étage*. Les villes suédoises n'ont vraiment commencé à se développer que dans les années 1960. Jusque-là, le pays était rural, avec une mentalité caractérisée par l'uniformité. Mentalité que les Suédois ont souvent conservée, même en ayant emménagé en ville dans les immeubles.

Au-delà des jardins ouvriers, quand on continue vers le lac, on passe un premier café associatif qui ne fonctionne qu'en plein air. Plus loin, après la seconde zone de jardins ouvriers, on débouche sur une vaste pelouse bordée d'un côté par le café de Vinterviken, situé dans un splendide bâtiment en brique, ancienne fabrique d'acide sulfurique. C'est là où je voulais vous emmener. Le café et sa pelouse.

L'héritage ouvrier du quartier vit toujours en partie là, même si les buveurs de *café latte* grouillent partout au premier rayon de soleil. Dans les briques. Et sous l'herbe.

Petit retour en arrière.

Le 3 septembre 1864, 140 kilos de nitroglycérine explosent dans une maison du sud-ouest de Stockholm. Des décombres, on sort cinq cadavres, dont Emil, le jeune frère d'Alfred Nobel, âgé de 21 ans. Le père d'Alfred est blessé.

Alfred Nobel prend la relève de l'entreprise familiale et déménage à Vinterviken. Comme lui, de plus en plus d'usines quittent Stockholm pour s'installer dans des zones moins peuplées.

Le choix de Vinterviken est judicieux. Pas si loin du centre, en bordure du lac pour le transport des produits par bateau, au bout de cette vallée encaissée où personne n'habite et où les collines viendront atténuer les effets d'explosions. Sur ce dernier point, Alfred a peut-être péché par optimisme. Quatre ans après l'accident qui a tué Emil, le 11 juin 1868, c'est au tour de Vinterviken d'exploser. L'explosion s'entend sur tout Stockholm. On relève 14 morts. Des fenêtres sont brisées jusque dans la vieille ville, à cinq kilomètres à vol d'oiseau.

Six ans plus tard, la fabrique explose encore. Douze morts. Cela n'empêche pas Alfred de développer et de breveter la dynamite dans ce lieu qui sera dédié à cet usage jusqu'en 1921, vingt-cinq ans après sa mort. Après lui, une compagnie a extrait de l'uranium à partir d'ardoise contenant du plomb. La compagnie Nitro Nobel AB a conservé dans le quartier des activités jusqu'aux années 1980. Puis la commune de Stockholm a repris le territoire. Et les buveurs de *café latte* sont arrivés.

Aujourd'hui encore, on peut en voir les restes, avec des blockhaus, un bâtiment à la longue cheminée qui sert de centre de sculpture. Et cette pelouse. Idyllique au printemps, comme tout le reste de cette petite vallée, d'un lac à l'autre. Avec cette belle histoire Nobel, qui certes démarre dans le tragique, mais qui à l'instar de la Suède, a su s'élever et sortir de sa triste condition pour conquérir les sommets de la civilisation.

Mais dessous ? Dessous, dites-vous, il y a bien entendu les restes des Svécofennides, une ancienne chaîne de montagnes qui s'est formée il y a 1,8 milliard d'années, avec une géologie constituée de gneiss, granites et granites de gneiss. Certes. Mais il y a surtout un sacré paquet de cochonneries que le cher Alfred Nobel a légué aux générations futures.

Arsenic, plomb, cadmium. Vinterviken compte parmi les dix lieux les plus pollués de la région de Stockholm. Numéro 10 en 2011, lorsque je découvre l'information, numéro 9 exactement, en 2017, sur une liste de quelque 8 500 endroits pollués dans la région.

Sur le document daté d'octobre 2017 de la préfecture, à la colonne « Y a-t-il un responsable ? », la réponse est : « Non. »

Tous ces déchets sont enfouis sous de la terre et cette magnifique pelouse qui fait si bien illusion. Mais il est préférable de faire attention sur la berge qui se jette dans le lac Mälar.

Aujourd'hui, des millions d'euros sont injectés pour assainir la zone. Clôture des travaux vers fin 2019.

PS : les autorités recommandent sérieusement aux enfants de ne pas manger la terre de Vinterviken et de ne pas trop traîner sur la berge.

La terre de Vinterviken, à ne pas confondre avec la Terre promise.

Avec Kristina – je vous ai déjà parlé de son polar –, on se croise d'habitude aux apéros plantureux et bien arrosés organisés chez notre éditeur suédois commun, Piratförlaget, maison créée en réaction aux conditions imposées aux auteurs par les éditeurs traditionnels. La réputation de Pirat repose beaucoup sur Jan Guillou, romancier à succès, chroniqueur, habitué des plateaux télé où ses provocations sont légendaires.

Jan Guillou, d'origine française par son père, ne connaît pas vraiment le *kulturprofilen*. « Les gens comme toi et moi qui viennent du journalisme, me dit-il après avoir trinqué, n'ont pas grand-chose en commun avec des gens comme lui. Nous, nous voulons comprendre. Pour eux, au contraire, si on ne comprend pas, c'est mieux. » Jan est de ceux qui vont voir ce qu'il y a sous la belle pelouse verte.

Auteur de thrillers et de romans historiques, Jan s'est rendu célèbre comme journaliste d'investigation en étant emprisonné pendant six mois en 1973 avec son collègue Peter Bratt après avoir révélé grâce à un lanceur d'alerte l'existence de IB, un service de renseignements militaire actif de 1957 jusqu'aux années 1970 et tellement secret que le Parlement en ignorait l'existence. Politique, IB ne fonctionnait qu'au profit exclusif des sociaux-démocrates, au pouvoir sans discontinuer de 1932 à 1976. Sa mission principale était d'identifier tous les communistes et sympathisants communistes où qu'ils se terrent. Selon le rapport d'une commission d'enquête, ce ne sont pas les sociaux-démocrates qui ont utilisé les militaires, mais le contraire : pour tenir les communistes éloignés des industries de l'armement, condition américaine à la livraison de haute technologie, le patronat aurait fait appel aux sociaux-démocrates, à la tête du pays, et à leur puissant relais syndical, LO, pour fournir des renseignements aux militaires. Dans les entreprises, plusieurs centaines de médiateurs du travail, fidèles parmi les plus fidèles des militants sociaux-démocrates, ont ainsi livré des informations sur les « travailleurs à risques ».

Quand le Premier ministre Olof Palme était au Nord-Vietnam pour participer aux manifestations de soutien contre les Américains, au même moment, les agents secrets de IB s'introduisaient dans les locaux des groupes suédois de soutien aux communistes vietnamiens, et photographiaient les fichiers de donateurs. Avant de faire passer leur récolte à la CIA.

Sous la pelouse…

16.

On a tué le Premier ministre !

Certains disent que tout a commencé là. Le 28 février 1986. À 23 h 21.

Deux coups de feu, calibre .357 Magnum. Olof Palme, Premier ministre social-démocrate suédois, s'écroule face contre terre. Il vient de sortir du cinéma, sans garde du corps, rentre à pied chez lui avec sa femme. Deux coups de feu. Une balle suffit pour lui. Sa femme est blessée par la seconde. La Suède vient de perdre son innocence. Pour beaucoup, depuis ces deux fichus coups de feu, elle n'a plus jamais été la même.

Nation paisible, elle s'est transformée en pays inquiet.

Comparé aux dirigeants sociaux-démocrates à l'ancienne, Olof Palme tranchait.

Peu d'hommes politiques ont autant marqué leur époque. Premier ministre de 1969 à 1976 puis de 1982 à sa mort en 1986, Olof Palme fut un orateur passionné, chantre de la troisième voie, entre communisme et capitalisme, pourfendeur des colonialismes avec un engagement frénétique contre l'apartheid en Afrique du Sud, la guerre américaine au Vietnam – il était allé manifester avec les dirigeants vietcongs – ou en faveur des Palestiniens. Très internationaliste, il était aussi un social-démocrate fort traditionnel dans sa défense de l'État-providence, le premier à parler d'égalité entre hommes et femmes, à œuvrer pour des syndicats forts en réformant le marché du travail pour leur donner plus de poids. L'époque d'une social-démocratie très offensive et radicale.

Le Kennedy suédois, issu de la haute bourgeoisie, propulsé à la tête du mouvement ouvrier, était peut-être parfois un peu trop éclatant pour la mentalité suédoise si pondérée. Mais les vieilles militantes pleuraient en l'écoutant, car quand il parlait, c'était toujours le parti et le pays d'abord, quoi qu'en aient dit ses opposants, qui voyaient en lui une taupe des Soviétiques.

Si l'affaire de l'Académie s'inscrit dans cet après-Palme, c'est peut-être là : les académiciens, tout au long de la crise, ont oublié le bien commun, le sacrifiant à leurs intérêts, à leurs guerres de clan.

Peut-être, me dit Stephen Farran Lee, sommes-nous devenus plus égocentriques. Nous avons du mal aujourd'hui à penser collectivement. Les jeunes apprenaient la vie associative, les règles communes : diriger une réunion, en remplir le compte-rendu, organiser le vote. Tout cela était considéré comme un pilier solide de la démocratie suédoise. Un fonctionnement qu'on retrouvait partout, dans les partis politiques, chez les scouts, dans les organisations environnementales, les clubs de bateau, les syndics d'immeuble. Les Suédois étaient éduqués à être des *personnes associatives.* Ce pour quoi, dans le temps, nous étions de loin les meilleurs, dit Stephen Farran Lee avec une pointe de nostalgie.

Il va plus loin. L'Académie suédoise, vue dans cet optique, était même la première institution sociale-démocrate, car dès sa création en 1786, quand de nombreux membres appartenaient à la noblesse, on ne pouvait s'appeler autrement que *Fru* et *Herr* (Madame et Monsieur).

Mais pour certains, tout était déjà perdu avant même la mort de Palme. La fameuse Terre promise est un pays qui s'est profondément transformé en peu de temps. C'est même l'un des aspects clefs de la social-démocratie à la suédoise : sa capacité à se réformer. Mais à quel prix ? Palme lui-même n'était-il pas celui qui avait fait passer la Suède de la social-démocratie au social-libéralisme ? C'est l'avis de Maj Sjöwall, la coauteure des polars sur l'inspecteur Beck.

Le Stockholm actuel l'irrite profondément. Il se transforme en une énorme machine pleine de béton et de gens stressés qui ne vont pas bien. Seul l'argent compte. Tout est déshumanisé.

Sjöwall et son compagnon Wahlöö voulaient dénoncer la dérive de la social-démocratie suédoise vers le capitalisme et la droite. Olof Palme, dit-elle, a été un formidable vendeur du modèle social-démocrate à l'étranger. Mais on ne peut pas mélanger socialisme et capitalisme, c'est tout simplement absurde !

Au moment où Sara Danius est forcée à la démission, à la mi-avril 2018, cinq chercheurs publient une chronique d'où il ressort que quinze familles contrôlent 70 % de la valeur de la bourse suédoise. Quelques semaines plus tôt, un autre rapport constatait que les inégalités continuaient à se creuser, même sous le gouvernement social-démocrate. La Suède est même le pays de l'OCDE où ces inégalités se sont le plus creusées au cours des trois dernières décennies.

LO, la puissante confédération syndicale liée aux sociaux-démocrates, a mesuré que le salaire moyen des 50 patrons compris dans leur enquête représente l'équivalent de 55 salaires d'ouvriers de l'industrie. Jamais l'écart n'a été aussi grand. Suède, terre démise ?

Le nombre de fonctionnaires d'État est passé de 310 000 en 1980 à 158 000 en 2015. La déréglementation du marché financier dans les années 1990 a été explosive, plongeant le pays dans une crise terrible. La Suède a été le premier pays d'Europe à déréglementer certains de ses services publics : électricité, téléphonie, chemins de fer, poste. Avec des résultats parfois mitigés.

Après l'industrialisation de la Suède et jusqu'à environ 1980, la politique de protection sociale

sociale-démocrate et le développement d'un État de protection sociale universel ont contribué à réduire les inégalités dans la répartition des richesses. La période des années 1980 à nos jours a été caractérisée par des politiques économiques et sociales libérales, sous l'action de responsables de droite, mais aussi par le fait de gouvernements sociaux-démocrates.

La réputation de la Suède ne serait-elle pas qu'un vaste malentendu ?

Un chroniqueur constate que la précarité et l'insécurité augmentent, et avec eux, le cynisme. J'ai moi-même arrêté, dit-il, de compter le nombre d'amis et de collègues épuisés qui ont disparu des rédactions. Dans le meilleur des cas, ils réapparaissent, mais ils ne seront plus jamais comme avant. C'est peut-être une raison pour laquelle beaucoup d'entre eux ont été si contrariés par l'affaire de l'Académie. Pourquoi les académiciens devraient-ils avoir des emplois à vie ? Ce ne sont que des travailleurs culturels et des chercheurs comme les autres…

La Suède change. Vite. Elle reste parée de beaux atouts. Souvent enviables vus de France. Mais elle mue. Comment ses valeurs ne seraient-elles pas elles aussi bousculées ?

Symptôme de ce malaise : Husby, banlieue défavorisée à majorité immigrée. Au printemps 2013, le quartier connaît des nuits agitées en réaction à la mort d'un immigré de 69 ans abattu par des policiers qui se sentaient menacés par son couteau. Les voitures brûlées, quoiqu'en nombre limité, témoignaient, à l'échelle suédoise, d'une ségrégation grandissante dans la société. L'intervention policière qui s'ensuivit a été brutale et largement filmée. La diffusion de ces images, ainsi que les insultes proférées par certains policiers, comme « singe » ou « nègre », avaient choqué les Suédois, peu habitués à ce type de scène.

Mais les racines du mal étaient plus profondes. La Suède est l'un des pays au monde où l'école est la plus déréglementée. L'argent suit l'élève. Les parents de familles immigrées qui le peuvent mettent leur enfant dans les écoles réputées du centre-ville. Celles de banlieue comme Husby perdent des élèves, et donc de l'argent, ce qui signifie moins de ressources pour employer des enseignants. Une spirale. Ceux restants doivent faire plus de travail administratif et sont moins disponibles pour les élèves. Résultat, environ 50 % des collégiens d'Husby n'ont pas le niveau pour poursuivre leurs études au lycée. Le chômage est deux fois et demie plus élevé que dans le reste de la capitale. À cela s'ajoute le sentiment d'être abandonné. La plupart des centres pour jeunes des quartiers ont été fermés. Plusieurs services publics ont fermé leurs portes comme la poste ou le commissariat.

On est bien loin de l'image idyllique de l'État-providence scandinave.

D'autres signaux sont visibles. Ainsi, le 21 novembre 2018 : préavis de licenciement chez Ikea. Ikea, tellement suédois, avec ses magasins aux couleurs du drapeau national, ses valeurs affichées qui collent tellement bien avec l'idée qu'on se fait des Suédois, responsabilités sociale et environnementale.

Ikea, qui n'est pas coté en bourse, partage avec l'Académie suédoise une certaine opacité. Ce qui n'a pas empêché son fondateur Ingvar Kamprad, émigré fiscal en Suisse, décédé en janvier 2018, de bénéficier d'un quasi-statut de vice-roi de Suède.

Kamprad est devenu richissime grâce à son génie des affaires, servi par une mémoire encyclopédique qui allait du point de détail sur un produit, ses composants, son prix, à la stratégie globale et à des centaines de réunions qui ont un rapport avec Ikea.

Kamprad menait une stratégie d'optimisation fiscale poussée à l'extrême, avec un enchevêtrement complexe de fondations dans de nombreux paradis fiscaux et des milliards d'euros dissimulés par exemple dans la fondation Interogo au Liechtenstein, dont il avait essayé de nier l'existence. Bien peu suédois a priori, dans un pays où le consentement fiscal est au cœur du contrat de confiance qui se maintient bon an mal an entre les citoyens et l'État, et qui explique qu'en dépit des défis, la Suède demeure une société qui fonctionne.

À ceux qui le critiquaient, Ingvar Kamprad offrait son allure modeste, sa vieille Volvo, ses voyages en deuxième classe, n'hésitant pas à jouer de la bonne réputation des valeurs suédoises, dont il s'était fait le passeur. Kamprad se décrivait lui-même comme un brave type, à la limite un peu simplet, aux goûts modestes et répondant invariablement que l'énorme majorité des bénéfices d'Ikea n'allait pas dans sa poche. J'ai assez d'argent pour m'en sortir, mais le fait est que ce n'est pas moi qui possède l'argent, c'est une fondation, a-t-il assuré dans une interview. Oubliant de préciser qu'il contrôlait la fondation.

Bref, qu'on ne vienne pas lui dire qu'il est l'homme le plus riche du monde, puisque les sous ne sont pas à lui. Pour Johan Stenebo, bras droit de Kamprad pendant trois ans et auteur en 2009 de *La Vérité sur Ikea* après avoir claqué la porte, c'est le plus gros mensonge de Kamprad. « Ingvar Picsou », comme certains le surnommaient, avait développé un sens de l'esquive unique. En particulier sur ce qui concernait son passé nazi, épisode sensible. Jeune homme, il mena en cachette une vie de militant nazi. Les services secrets suédois avaient établi un dossier sur lui dès 1943, à l'époque même où Ingvar Kamprad crée Ikea. En 1994 déjà, il avait dû admettre cet engagement. Il s'en était excusé auprès de ses employés, regrettant « la plus grande erreur de sa vie ». Un livre a montré que cet engagement était bien plus profond. Ingvar Kamprad a recruté d'autres nazis et il a gardé des contacts jusque dans les années 1950, finançant un parti nazi avec l'argent d'Ikea.

Ingvar Kamprad, que ce soit avec cette histoire ou en foulant au pied le principe suédois sacré de consentement à l'impôt, s'en est toujours sorti en adoptant un profil bas. Les Suédois le pardonnaient coup après coup, ce qui faisait le régal des analystes : Kamprad n'avait pas l'arrogance de beaucoup de dirigeants de grandes entreprises, disait-on. Ingvar Picsou savait conserver une attitude repentante, réservée. Tout le contraire d'un Horace Engdahl.

C'est ce à quoi réagissent beaucoup de gens dans l'affaire de l'Académie : que ses membres ne fassent pas preuve de modestie et de discrétion, mais se comportent au contraire comme une coterie élitiste, avec des manières si peu… sociales-démocrates. N'est pas Kamprad qui veut.

Même si l'on s'y appelle Madame et Monsieur, l'Académie n'a jamais été particulièrement sociale-démocrate. Mais avec une social-démocratie forte, il y aurait eu des valeurs fortes que l'institution littéraire n'aurait peut-être pas pu bafouer. Hypothèse osée ?

L'Académie suédoise n'aurait-elle pas elle-même vécu sur le mythe d'une institution modeste et égalitaire ? Son âge d'or, les années 1930 à 1950 à en croire Stephen Farran Lee, lorsqu'émergent les écrivains prolétaires, est aussi celui de la social-démocratie triomphante. Depuis, les académiciens ont changé.

Ce qui se passe avec l'Académie donne à certains une impression de déliquescence. De vieilles et stables structures suédoises tremblent. Comme les partis politiques. La Suède a été depuis les années 1930 un pays politiquement stable et, à la différence des autres pays nordiques, elle a tenu la xénophobie à l'écart pendant très longtemps et soudain, elle est ébranlée. Des choses que les Suédois ont toujours considérées comme acquises et peut-être pas assez appréciées. Tout d'un coup, elles s'écroulent. On réalise ce que l'on est en train de perdre. Et qu'il est peut-être trop tard. Qu'il s'agisse de la perte de vitesse des partis politiques traditionnels, de la montée des populistes antiféministes et climatosceptiques. Et du soutien à l'Académie suédoise.

Alors que l'Académie s'enfonce dans le déshonneur, la Suède, en tant que pays, vaut-elle mieux ? Le 19 mai 2018, huit professeurs en éthique tirent la sonnette d'alarme : « La politique suédoise a perdu son compas moral. » La Suède s'est vue comme une grande puissance vertueuse. Au lieu de cela, nous sommes aujourd'hui une société qui voit des menaces à chaque coin de rue. On soupçonne les gens de tricher, les réfugiés de mentir, les pays voisins de vouloir nous attaquer. Une politique d'asile durcie ferme nos frontières à ceux qui sont les plus menacés.

Une image brouillée, à l'instar de la bande d'académiciens derrière Engdahl, celle qui passe aujourd'hui pour réactionnaire, patriarcale, mais qui dans les années 1970 se revendiquait radicale, rebelle, à l'image de cette Suède vue comme le berceau de la Troisième voie, laboratoire de la social-démocratie, entre communisme et capitalisme. Cette même Suède qui se retrouve quelques décennies plus tard comme le pays en pointe de la déréglementation, où l'État-providence s'est très fortement teinté de libéralisme, où l'atmosphère se durcit. Qui s'est trompé sur qui ?

Le modèle scandinave, c'était la certitude que la boussole ne se trompait jamais. Mais la boussole a perdu le nord.

17.

Den Gyldene Freden : boulettes de viande et chansons à boire

Si la boussole a perdu le nord, les académiciens n'ont pas perdu le sud-est, la direction qu'ils suivent chaque jeudi soir après leur réunion hebdomadaire à l'Académie, pour envahir la salle Bellman à l'étage de Freden, à trois cents mètres de là, où un repas à trois plats les attend après le cocktail de bienvenue.

Comment faire, si l'on est un simple mortel, pour goûter un peu de cette prestigieuse essence que diffuse le prix Nobel de littérature ? On va bien sûr à la cantine des académiciens. Manger ce qu'ils mangent.

Freden, le petit nom de Den Gyldene Freden, La Paix dorée, passe pour le plus vieux restaurant au monde ayant conservé le même environnement. En foulant les pavés de la rue Österlång, on est donc censé bénéficier d'une vision du Stockholm des années 1720. Un sentiment de stabilité peut-être rassurant dans une

Suède qui s'est profondément transformée depuis les années Palme.

Pendant ses dix années en tant que secrétaire perpétuel de l'Académie suédoise, Horace Engdahl avait pris l'habitude d'y venir chaque jeudi avec une chanson à boire de sa composition. Il en aurait écrit plus de trois cents et en connaîtrait une centaine par cœur.

Lors de la rencontre du 26 avril 2018, une semaine après la manifestation des lavallières, Engdahl fait du Engdahl. Il arrive avec les paroles d'une nouvelle chanson à boire qu'il a composée pour l'occasion. Sur la crise. En ce soir de l'Acte 23, vingt-troisième jeudi après les révélations, Engdahl, accordéoniste à ses heures, déclame, sur l'air de *Du ska få min gamla kortlek när jag dör* (*Tu auras mon vieux jeu de cartes quand je mourrai*), sa dernière création baptisée « Syndafloden 2.0 » (« Le déluge 2.0 » – ma traduction).

Dieu au ciel a eu un inconvénient,
Quand il a regardé notre Académie.
Ce qui était un bastion de la culture
S'est transformé en un sinistre désordre.
Dis, que fait-on d'une telle ménagerie ?

Dieu doit juste laisser l'inondation filer,
Quoique transformée en une rivière ardente !
Parce que nous avons tant haï,
Nous nous sommes tant blâmés et trompés,
Peut-il nous laver dans l'alcool, de la tête aux pieds ?

Autant dire que Freden est un lieu emblématique de cette affaire. Per Wästberg, la tête du comité Nobel au sein de l'Académie, m'a raconté, l'œil pétillant de malice, comment, au plus fort de la crise, au printemps 2018, les académiciens tentaient de déjouer les embuscades tendues par les journalistes ou les manifestants.

Lorsqu'un aréopage de reporters, de photographes et de cameramen fait le pied de grue à la sortie de l'Académie, Källargränd 4, ou encore lors de la manifestation des lavallières, « quand les gens nous entouraient et voulaient plus ou moins nous lyncher », les académiciens réussissent à tromper les journalistes et à se réunir dans une villa appartenant à l'Académie, sur l'île de Djurgården. Toujours dans cette atmosphère de fin de règne, à deux reprises, ils furent tellement cernés par les journalistes qu'ils montèrent dans un bus et, au lieu d'aller dîner à Gyldene Freden, se rendirent chez Per Wästberg, dans son vaste appartement de représentation du quartier d'Östermalm. Et Horace Engdahl a chanté ses chansons à boire, comme il l'a fait à chaque repas depuis son élection à l'Académie voilà vingt ans.

Chaque fois que j'y déjeune – la première fois, j'y avais été invité par un éditeur suédois imprégné de l'esprit du lieu –, je suis relégué au rez-de-chaussée qui comporte bien plus de places assises dans trois salles voûtées séparées par de petits escaliers aux marches inclinées et de dimensions différentes qui semblent taillées pour faire trébucher les serveurs.

À ma demande, la maîtresse d'hôtel m'a une fois emmené à l'étage, dans cette fameuse salle Bellman. On y accède en traversant d'abord un petit salon où sont servis les apéritifs.

Dans la salle à manger, accrochée au mur, on aperçoit une petite vitrine tout en hauteur, à six étages, où sont rangés les dix-huit verres à snaps des académiciens, chacun avec son numéro en gros chiffres romains gravés.

Le personnel est bien éduqué, et la maîtresse d'hôtel plus que quiconque. Elle garde un silence de plomb sur ce qui se passe dans cette salle d'étage. D'ailleurs, quand les académiciens parlent Nobel – les dîners au Freden servent surtout de séances de brainstorming –, les serveurs quittent la salle.

À bon entendeur : on peut dîner dans la salle des académiciens (sauf les jeudis bien sûr). Salle réservée gratuitement à condition d'être au moins vingt convives qui commandent le repas à trois plats. En deçà, compter cinq cents euros de location de la pièce.

On murmure que le quotidien des académiciens est devenu plus supportable depuis l'arrivée de Per Wästberg et Horace Engdahl. En accord avec le principe d'Engdahl selon lequel « il est du devoir d'un intellectuel d'être toujours de bonne humeur ». On y mange de la soupe aux pois, chaque jeudi selon la légende, plutôt une fois l'an : les académiciens préfèrent la sole.

Ils ont pourtant bien failli en être privés.

En février 1989, l'affaire Rushdie divise l'Académie après la fatwa lancée par Khomeiny. Trois académiciens décident de laisser leur fauteuil vide pour protester contre la neutralité affichée par l'institution. Déjà à l'époque, l'affaire Rushdie avait failli mettre l'Académie à genoux. Même si le conflit était plus compliqué qu'il n'en avait l'air. Certains académiciens, parmi ceux qui avaient tiré leur révérence, voulaient en effet vendre l'immeuble où se trouve le restaurant afin de dégager des fonds pour financer des bourses destinées aux jeunes auteurs. En vain.

Au XVIIIe siècle, la plupart de la population de la capitale s'entassait dans ce que l'on appelle aujourd'hui la Vieille Ville. On conservait la nourriture en la salant, et le sel, ça donne soif… L'eau potable de bonne qualité était rare autour de l'île et, afin d'étancher la soif des Stockholmois, on comptait quelque 800 tavernes à l'époque, certaines n'ayant alors qu'un simple buffet ou une paire de tables.

En 1722, la peste qui a emporté près de la moitié des habitants en 1710 est un lointain souvenir. Mais la Suède du roi Karl XII vient de subir un terrible revers sur la Poltava. Les Russes maraudent dans l'archipel, leurs navires veulent percer jusqu'à Stockholm. Ça pille et ça viole.

Le 22 décembre 1719, le bourgeois Petter Hellberg, qui faisait dans le commerce de vin, avait acheté deux maisons de pierre à l'angle d'Österlånggatan et de Solgränd, rasé tout et construit un nouveau bâtiment. En 1722 ouvre Den Gyldene Freden, La Paix dorée. De quelle paix s'agit-il ? Celle de Nystad, conclue en 1721 entre Russes et Suédois, ou celle de Stettin, signée entre Suédois et Danois en 1570, puisqu'on trouve une première taverne portant ce nom dès 1572 à Stockholm ? La cave, en principe la même qu'aujourd'hui, aurait en outre vu couler la bière dès le XVe siècle, quand Stockholm n'était pas capitale d'un royaume encore fragile.

Le lien avec l'Académie, en revanche, est plus récent.

Dans le livre qu'il a consacré à ce restaurant, Gösta Arvidsson raconte :

Ce 4 février 1919, comme souvent, les artistes s'engouffrent dans la salle. Le peintre Anders Zorn, un pilier de la Paix, abonné à ses boulettes de viande, est interrompu dans sa dégustation par son vis-à-vis, Emil Norlander, un roi du cabaret : « Alors mon cher Anders, c'est la dernière fois que tu profites de tes boulettes à la Paix. »

Zorn relève la tête, surpris. Manque de s'étouffer, selon la légende. Depuis un temps déjà, le propriétaire est harcelé par les autorités qui lui enjoignent de mettre le restaurant aux normes. Il a décidé de jeter l'éponge. Entre deux bouchées de boulettes de viande, Zorn fulmine. Ordonne. Impératif. À son ami, il dit : « Mais va donc acheter la maison ! » L'autre file aussitôt. Le lendemain, l'affaire est conclue. La Paix est sauvée, avec ses boulettes. Zorn veut perpétuer un lieu dédié aux poètes et artistes, un lieu où l'on mange bien dans une atmosphère intime. Pour pérenniser l'affaire, il crée la fondation Den-Gyldene-Freden, la dote, rédige le règlement qui précise notamment que la propriété en reviendra à l'Académie suédoise.

Tous les vœux de Zorn n'ont pas été exaucés. Les uniformes noir et blanc des serveuses devaient être égayés d'un volant et d'un tablier roses tandis qu'un luth devait toujours être à disposition d'un client souhaitant pousser la chansonnette. Un luth est bien exposé en salle Bellmann, mais derrière une vitrine. Quant aux boulettes de viande avec lesquelles Zorn avait failli s'étouffer, elles sont en revanche toujours au menu, comme l'exigeait son testament.

Grand fan de Bellman, le troubadour suédois star du XVIIIe siècle, autre pilier du lieu, Zorn précise que la maison doit servir à l'occasion de lieu de réunion en lien avec sa mémoire, le tout assorti d'un prix Bellman décerné par l'Académie le jour de l'anniversaire du troubadour, le 4 février. Seule concession : si le 4 février tombe un jeudi, l'Académie suédoise a la priorité pour sa réunion hebdomadaire.

Le sociologue et écrivain Roland Paulsen a assisté à plusieurs de ces rendez-vous lorsqu'il était serveur à Den Gyldene Freden. Son témoignage, antérieur à l'affaire, est croustillant. « De tous les emplois de merde que j'ai occupés, je pense que le plus déprimant était celui que j'ai occupé plusieurs années comme serveur à l'étage exclusif de Den Gyldene Freden. En bas à la cuisine ne prévalait qu'un stress infernal. Un chef y travaillait qui avait apparemment la particularité, dès que les immortels entraient en scène, d'agrémenter un mot sur trois d'un caractère lié aux organes génitaux. Deux étages plus haut, parmi les nappes en lin et les miroirs dorés, tout était bien différent. Chaque jeudi soir venait une compagnie dont l'unique tâche obscure semblait être de « travailler à la pureté de la langue suédoise ».

Quand il n'écrit pas sur la trahison de la classe ouvrière par la confédération syndicale LO, proche des sociaux-démocrates, Roland Paulsen évoque ainsi « Herr Kulturman ». Monsieur La Culture. (Attention spoiler : il s'agit d'Horace Engdahl). Avec Monsieur La Culture, dixit Roland Paulsen, tout était différent.

Monsieur La Culture semblait à peine remarquer que la nourriture atterrissait sur son assiette. « Au début, je pensais que c'était parce qu'il considérait son travail de secrétaire perpétuel comme si important que cela faisait également partie de sa fonction de ne pas prêter attention à l'existence d'autres personnes. »

Paulsen relève toutefois que Herr Kulturman pouvait s'avérer agréablement sympathique avec la responsable de salle, Berith. La preuve : il pouvait à la fois la saluer et lui demander comment cela se passait. Il valait mieux. D'après Paulsen, ladite Berith avait ce talent rare, en observant à travers la fenêtre la marche lente des académiciens remontant la rue pavée vers le restaurant, de lancer la commande des cocktails de bienvenue pour chacun des convives.

Selon Paulsen, la théorie de Berith était qu'ils s'ennuyaient. Dès qu'ils avaient rejoint leur place, elle s'assurait que son escouade de serveurs maintenait un rythme soutenu. Rapide à en croire Paulsen, pour minimiser la souffrance. Oui, Berith semblait réellement avoir pitié d'eux ! Et pour cause, « quoi que nous leur servions, œufs d'ablettes de Kalix, pieds de porc fourrés au veau, glace au muscat et coquilles poméraniennes trempées dans le chocolat, il était presque impossible d'observer un sourcil levé lors de la fête. Ils semblaient être saturés de vie. Finis. Éteints ».

Ambiance…

18.

Le match Camus-Malraux

Si les serveurs de Freden doivent quitter la salle Bellman lorsque les académiciens discutent prix Nobel, cela ne veut pas dire que le secret des délibérations nous est totalement étranger. Il faut juste être patient. Au bout de cinquante ans, les archives Nobel s'ouvrent. À deux reprises, j'ai eu l'occasion de m'y plonger, pour le prix décerné à Albert Camus en 1957, dont les archives se sont ouvertes début 2008, puis à Jean-Paul Sartre en 1964. Curieux, comme tous ceux intrigués par la mécanique Nobel, de comprendre les dessous de ces décisions à l'impact planétaire. Avec la récompense au bout, cette découverte du match Camus-Malraux, dont Sartre fut spectateur, à son insu…

On dit souvent que l'on se rappelle où l'on se trouvait lors de certains événements dramatiques.

Au moment de l'attentat contre *Charlie Hebdo* – le 7 janvier 2015 –, je me trouvais précisément dans les locaux de l'Académie suédoise à Stockholm, où les archives 1964, année de l'attribution du prix à Sartre, venaient de s'ouvrir. Je préparais un article pour *Le Monde* sur ce que ces archives allaient révéler.

Moins d'une heure après le début de l'attentat, l'un des chefs du service international du *Monde* m'envoie un courriel pour me demander de préparer un papier sur l'affaire des caricatures pour le site internet du journal, au cas où des revendications islamistes arriveraient. À ce moment-là, l'attentat n'a pas encore été revendiqué.

L'affaire des caricatures, il s'agit des caricatures de Mahomet publiées le 27 septembre 2005 par le quotidien danois *Jyllands-Posten*, dont *Charlie Hebdo* avait reproduit le dessin le plus polémique par solidarité. S'ensuivit une bronca de plusieurs mois où des manifestations éclatèrent dans plusieurs pays musulmans, où les Danois furent la cible de toutes sortes de menaces. Levée de boucliers en faveur de la liberté d'expression, ce même combat qui des années plus tôt avait poussé des académiciens à boycotter l'Académie pour cause d'affaire Rushdie. Sur le moment et dans les années qui ont suivi, j'avais réalisé de nombreux reportages au Danemark autour de cette affaire.

Mais en ce 7 janvier 2015, je suis au deuxième étage de l'immeuble de l'Académie, dans la salle face aux larges escaliers, une salle dont les murs sont couverts des portraits en grand des académiciens. De quatorze académiciens. Sur dix-huit. Entouré de documents sortis de cartons vieux de cinquante ans. Le temps requis avant que les archives Nobel ne s'ouvrent aux yeux du public. En ce début d'année 2015, je démarre une plongée dans les coulisses du prix Nobel de littérature 1964, décerné à Jean-Paul Sartre, qui le refusa.

J'écarte les papiers éparpillés sur la table pour me concentrer sur les caricatures tout en suivant le drame qui se joue en France. J'envoie mon article cinquante minutes plus tard.

Puis je retourne cinquante ans en arrière. J'avais aussi une deadline à respecter pour le sujet Académie. Cette plongée dans les archives est précieuse pour comprendre comment s'attribue un prix Nobel. Est-ce que cela dit quelque chose sur les débats qui entourent le choix d'un Modiano ou d'un Bob Dylan ? Pas sûr. Peut-être.

Je reprends ici des éléments d'articles que j'avais écrits pour *Le Monde* à l'époque. Autant sur Sartre que sur Camus, dix ans plus tôt. L'un et l'autre liés.

Camus est proposé pour la première fois en 1949, presque en même temps que Malraux. Entre les deux hommes, ce sera le match de la décennie. Jusqu'à l'attribution du prix à Camus en 1957, les jurés Nobel balanceront souvent, d'année en année, entre Camus et Malraux. Les Suédois ont une vraie tendresse pour ce dernier, les archives ne peuvent le cacher.

Les archives 1954 par exemple : cette année-là, il y a 27 candidats dont 5 nouveaux. Pidal l'Espagnol, encore proposé, qui ne sait pas qu'il est trop vieux, Hemingway, Malraux et Camus encore. Ce n'est pas la première fois qu'on les retrouve. Le comité Nobel, le groupe restreint qui enquête et suggère un choix au reste des académiciens, propose Hemingway en n°1 et l'Islandais Laxness en n°2. Rojas est proposé par une pléthore d'organisations et d'institutions argentines. « Il est clair que c'est organisé, note le comité, mais sa qualité littéraire ne suffit pas. » Pidal, rejeté. Et le comité, impitoyable, de préciser qu'il a désormais 85 ans. Malraux. Le cas Malraux. On sent qu'il occupe les Nobel. Il y a eu *Les Voix du silence*, *Le Musée imaginaire*. Mais sa candidature ne peut pas être d'actualité tant qu'il ne revient pas à la forme romanesque. Jiménez, trop exclusif, trop hermétique. Le président du Comité émet son avis : on attendait du nouveau d'Hemingway, et « c'est arrivé avec *Le Vieil Homme et la mer* ». Certes, il y a du cynisme et de la brutalité dans son écriture, ce qui s'accorde mal avec l'idéal Nobel, remarque Herr Österling, l'homme fort du comité. Mais il y a indéniablement un pathos héroïque qui l'ébranle. Hemingway alors ? Ce n'est pas gagné. Herr Siwertz, un autre pilier du comité, objecte : Hemingway n'a pas besoin d'un Nobel pour devenir célèbre ou riche. Et le Suédois ajoute : « J'ai de plus en plus le sentiment que depuis trop d'années, nous nous en tenons au baromètre de la célébrité. » Camus ? « Son dernier livre, *L'Été*, a de nombreux aspects d'une beauté classique, écrit Österling. Son nom peut être à nouveau actuel. Camus représente toujours l'une des meilleures promesses de la littérature française, et encore une œuvre de la même qualité que *La Peste* mettrait sûrement sa candidature dans une position plus favorable. » Camus, encore un petit effort. Comme avec Malraux, on sent que le jury Nobel n'attend que cela de l'écrivain pour lui dérouler le tapis rouge. Dans le secret du vote, Hemingway l'emporte.

1955. 46 noms, dont 17 nouveaux. Frost, Pidal, rejetés. On sait pourquoi. Camus : « Rien de vraiment nouveau pour évaluer cette candidature, qui comme toujours est remise à plus tard pour mûrir. » Henri Bosco : « On ne voit comment il pourrait passer avant d'autres Français. » Malraux : « En attente, avec le même motif que l'an dernier. » Jules Romains : rien de nouveau. Georges Duhamel : rien de nouveau. Paul Claudel : mort durant l'année. Rarement autant de Français auront été sur la liste des candidats. L'Islandais Laxness est élu.

1956. Sur Malraux, éternelle déception : « À cause de la longue interruption dans l'écriture purement romanesque de Malraux, le comité estime souhaitable d'attendre une nouvelle œuvre qui puisse relancer l'intérêt. » Sur Camus, une vraie lueur d'espoir : « Après une longue attente, l'écrivain français a avant l'été publié une nouvelle œuvre, le récit *La Chute*, qui dans tous les sens est à même de le placer au centre de l'attention. (...) le livre est un chef-d'œuvre qui dans son format limité mérite d'être comparé avec *La Peste*. Le comité estime que cette nouvelle œuvre renforce indéniablement les mérites de Camus pour obtenir le Nobel, même si un délai de quelques années pour un examen approfondi peut être nécessaire. » Jiménez est consacré.

1957 : une douzaine de Français en lice encore. Sartre est cité pour la première fois. Son *Saint Genet*, « encore frais dans les mémoires », semble toutefois « douteux » pour un Nobel. Mais cette fois-ci, l'avis que le comité Nobel propose au choix des académiciens est unanime : Camus. Quelques mois auparavant, le 14 avril 1957, l'un d'entre eux s'était d'ailleurs fendu d'une critique élogieuse de *L'Exil et le royaume*. Un indice ? Mais Malraux alors ? Car il en est bien sûr. Et dans les avis rédigés par les membres du comité, avant qu'ils ne soumettent leur choix unanime aux académiciens, les deux hommes sont de fait mis en compétition : ce sera l'un des deux. Malraux-Camus, le match qui déchire les Nobel. Camus, « en plein développement », note le comité. « Sa mise en valeur pressante de l'absurdité de l'existence humaine n'est pas le fait d'un négativisme stérile », remarque le comité, toujours attentif à ce que l'esprit testamentaire d'Alfred Nobel, qui privilégie l'idéal, soit préservé. Et Malraux, il a publié *L'Espoir* « il y a vingt ans », précise le comité. Sous-entendu, il y a déjà longtemps. Quant à *La Lutte avec l'ange*, l'autre publication digne d'être évaluée par le Nobel, « elle demeure un fragment d'une œuvre inachevée ». « Je ne peux donc pas voir une quelconque injustice, si l'Académie passe devant Malraux et donne la priorité au plus jeune Camus, un écrivain actif et encore riche de promesses qui est actuellement au centre de l'attention du monde littéraire même au-delà des frontières de la France. »

Stockholm, hall de l'Académie suédoise, 17 octobre 1957 : Albert Camus… « Pour son importante œuvre littéraire qui met en lumière, avec un sérieux pénétrant, les problèmes qui se posent de nos jours à la conscience des hommes. »

Fin du match.

Mais pas de la candidature Malraux.

1957 est donc l'année où Jean-Paul Sartre est nominé pour la première fois, parmi 49 candidats. Il le sera tous les ans jusqu'à sa victoire en 1964. Le premier avis en 1957 sur Sartre est mesuré : « La signification philosophique et la durabilité des idées de Sartre exigent des données plus solides », et parce qu'une œuvre comme *Saint Genet* « semble très discutable » pour permettre l'obtention du prix Nobel.

1959. 57 candidats. Malraux reste dans les petits papiers des Suédois, mais il a « malheureusement contre lui que la part de fiction dans la production littéraire de Malraux paraît pour l'instant terminée ». Sartre est renvoyé à plus tard sans plus de commentaire. Louis Aragon n'est pas « d'une individualité suffisamment distincte pour être comparable aux auteurs français de premier plan ». La force de ses œuvres datant de la guerre semble maintenant perdue, regrettent les Suédois. Jean Giono connaît le même sort que Malraux souvent avant lui : aucune œuvre nouvelle qui permette un nouvel avis. L'Italien Salvatore Quasimodo est couronné.

1960. 59 candidats, dont 15 nouveaux. Henry de Montherlant, René Char. Sartre écope du même avis que les années précédentes, sous forme plus succincte encore. « La proposition devrait être mise en attente. » Karen Blixen, discutée depuis des années, n'arrive pas à faire l'unanimité. Steinbeck, rien de nouveau qui vaille la peine. Malraux, toujours dans le peloton de tête, mais, note un académicien, « *L'Espoir* est bien loin désormais pour motiver un prix Nobel et sa récente production philosophique ne le classe pas dans les auteurs éligibles à un Nobel ». Le poète et diplomate français Saint-John Perse l'emporte.

1961. 56 nominés. L'Académie se réjouit du dernier ouvrage de Steinbeck, qui rehausse ses chances, mais pour plus tard. Tolkien, l'auteur du *Seigneur des anneaux*, impressionne par sa fantaisie, mais « cela ne résulte en aucune manière en une poésie de la plus haute classe ». Malraux, en attente. Sartre, en attente. Les œuvres de Jean Anouilh sont saluées, mais impossible d'élire un Français juste après Perse, note l'Académie. Simone de Beauvoir impressionne avec *Mémoires d'une jeune fille rangée* et *La Force de l'âge*, mais l'Académie manque de recul sur ce dernier ouvrage pour se prononcer. Le Yougoslave Ivo Andrić est récompensé.

1962. Karen Blixen est morte, après avoir été tant discutée. Remords des Suédois. L'année précédente, un académicien avait regretté déjà que Paul Valéry, mort en 1945, et Paul Claudel, décédé dix ans plus tard, n'aient pu être distingués par le Nobel. Mais les candidats ne manquent pas. Ils sont 66. La bataille se joue entre John Steinbeck, Robert Graves et Jean Anouilh. Sartre, « candidature intéressante », mise en attente à nouveau, surtout à cause des doutes qui surgissent à chaque tentative d'appréciation de la part philosophique de son œuvre. L'existentialisme paraît être de retour, admet l'Académie, mais cela demande un peu plus de perspective pour évaluer justement sa portée. Dans son rapport, Anders Österling, le secrétaire perpétuel de l'Académie, vante tous les mérites de Jean Anouilh et de son *Becket*. « Si je ressens un doute, ajoute le secrétaire, c'est bien plus par considération pour son rival un peu plus âgé Sartre ; un prix à Anouilh pourrait être vu comme un oubli injuste de ce candidat à d'autres égards plus problématique. » L'académicien Olsson dit qu'il ne veut pas rejeter Anouilh sous prétexte que Sartre fait montre d'une plus grande originalité. « Certes, Sartre a écrit des drames efficaces – *Huis Clos*, *La Putain respectueuse*, *Les Mains sales* – mais tout ce côté chez lui qui renvoie vers Jean Genet est assez difficilement supportable. Qu'il ne soit pas encore arrivé à une position aboutie dans son évolution se voit aussi dans son récent *Les Séquestrés d'Altona*. » La pièce laisse une impression trop maniérée à l'académicien suédois. John Steinbeck, qui vient de publier *L'Hiver de notre mécontentement*, décroche la palme.

1963. 80 candidats. Les Français occupent massivement le terrain. Parmi eux, Charles de Gaulle. « La proposition a été écartée pour des raisons naturelles sans discussion. » Mais aussi Jean Cocteau, Jean Giono,

René Char, Jean Anouilh, Louis Aragon, André Breton, René Etiemble, Jean Guéhenno, Marcel Jouhandeau, l'éternel André Malraux, Henry de Montherlant, Henri Queffélec, Jules Romains et Jean-Paul Sartre, dont « la proposition est considérée comme nécessitant un examen plus approfondi ». Le Grec Georges Séféris gagne, face à W. H. Auden et à Pablo Neruda.

1964, l'année Sartre. 76 candidats. Les Français sont à nouveau surreprésentés. Jean Anouilh toujours, André Malraux bien sûr – « concernant cette candidature en attente depuis si longtemps, aucune nouvelle circonstance ne s'est fait jour ». Six candidats retiennent particulièrement l'attention des académiciens. À Samuel Beckett, le nouveau secrétaire perpétuel, Karl Ragnar Gierow reproche « sa nature négativiste désespérée qui va à l'encontre de l'essence du prix ». Eugène Ionesco est considéré comme trop unilatéral dans son orientation artistique. Pour le Japonais Junichiro Tanizaki, la traduction anglaise des *Sœurs Makioka* ne rend sans doute pas hommage à son style. Mais, ajoute le secrétaire, la traduction récente d'un recueil de nouvelles indique « un goût pour le sadisme qui met mal à l'aise un lecteur occidental ». W. H. Auden, dans le tiercé de tête l'année précédente, est porté aux nues par Anders Österling. Le Russe Mikhaïl Cholokhov a également droit à de beaux égards. « Une prise de position vis-à-vis de la candidature si ancienne de Cholokhov me paraît de plus en plus inévitable », lance le secrétaire perpétuel. Jean-Paul Sartre enfin. Il a publié le premier volume de son autobiographie tant attendue, *Les Mots*, « une satire vive et impitoyable sous forme de mémoire qui certainement vise à élaborer une entreprise nouvelle et considérable dans son œuvre déjà vaste ». « Cette personnalité forte et indépendante est devenue un facteur de pouvoir intellectuel en Europe, contesté et admiré, même si son influence semble avoir baissé ces dernières années. » Le secrétaire craint bien qu'un prix Nobel ne soit une sorte de reconnaissance de sa philosophie, « le quelque peu discutable existentialisme ». Mais il fait sien l'avis de l'expert qui considère la candidature de Sartre comme à point. « En dépit de certaines réserves, je suis pour ma part prêt à me rallier à cette proposition comme étant peut-être la meilleure solution », écrit-il. Au final, le choix se fera entre Sartre et Cholokhov. Gierow relève le mérite égal des deux hommes. Il propose Sartre en un, « uniquement parce son nom a de meilleures chances de gagner du soutien au sein du comité ». Le 17 septembre 1964, le comité Nobel vote pour Jean-Paul Sartre. Ayant eu vent de rumeurs, ce dernier écrira le 14 octobre au secrétaire de l'Académie pour lui dire son souhait de ne pas figurer sur la liste des lauréats possibles. L'année suivante, Mikhaïl Cholokhov sera récompensé à son tour.

Morale de l'histoire : si André Malraux s'était fendu d'une fiction, Jean-Paul Sartre n'aurait peut-être jamais été choisi, tant ce dernier paraît plus récompensé par défaut que par engouement.

19.

La fabrique des Nobel

Passionnantes archives, mais qui ne livrent pas tout. Le vote de chaque académicien demeure secret. On ignore aussi qui a obtenu des voix, ainsi que le nombre de voix qu'obtient chaque candidat, seulement qu'au moins douze académiciens sur les dix-huit doivent prendre part au vote et que le lauréat doit obtenir plus de la moitié des votes. Mais on arrive à reconstituer le processus.

Cinq fois par an, les académiciens membres du comité Nobel se rencontrent officiellement, selon un protocole bien établi, dans la salle de réunion couronnée d'un lourd lustre. Le temps du secret arrive. Les téléphones mobiles sont laissés à l'entrée, les rideaux sont tirés afin d'échapper au regard des curieux de la Grand-Place.

L'année Nobel démarre toujours début février, lorsque toutes les nominations arrivent. Peuvent proposer un candidat : les membres de l'Académie suédoise et d'académies et institutions de même nature en Suède et à l'étranger, les professeurs de littérature auprès des universités et de grandes écoles, les anciens lauréats, les présidents des organisations d'écrivains représentant la production littéraire de leur pays. L'envoi de propositions a parfois été suggéré par un courrier posté dès l'automne par l'Académie à un certain nombre de personnes qualifiées, en suivant un roulement.

Au 1er février, date butoir, on compte normalement un peu moins de deux cents noms proposés. En février 2019, après l'*annus horribilis*, quelque cent cinquante candidatures sont arrivées. Un peu moins que d'habitude. Les académiciens complètent l'inventaire avec les noms qu'ils estiment avoir été oubliés, pour arriver à peu près à deux cents. Le comité se réunit quatre fois durant le printemps.

Les académiciens dressent ensuite une liste d'environ vingt-cinq noms, vers le 20 mars. En tant que président du comité Nobel, Per Wästberg a été chargé ces dernières années d'en rendre compte au reste de l'Académie et de recommander différents livres, tout cela au cours d'une conférence d'une heure. Les académiciens peuvent emmener le compte-rendu chez eux pendant une semaine, mais le texte est secret et doit être rapporté.

Début mai, le nombre des lauréats potentiels est tombé à cinq. Ils sont présentés sans ordre de préférence. Les livres de ces cinq auteurs sont achetés et stockés dans des armoires verrouillées. Seuls deux employés ont la clef. Les livres ont été achetés discrètement en de nombreux exemplaires, par le biais d'intermédiaires qui ignorent l'objet de leurs achats ou par l'un des académiciens dans de petites librairies, en province ou à l'étranger.

Tous les académiciens passent leur été à lire les livres camouflés derrière de fausses couvertures, par exemple celles d'auteurs que les médias croient savoir favoris. Les académiciens membres du comité Nobel – ils sont trois à cinq en temps normal – rédigent pendant l'été un court essai sur chacun des cinq candidats, sans se consulter. À la mi-septembre, les vingt-cinq essais atterrissent sur la table de l'Académie. Rien ne peut être cité ou discuté par e-mail. Les identités des candidats sont dissimulées derrière des prénoms suédois.

Auparavant, les noms de code avaient été parfois un peu trop lisibles. En 2011, lorsqu'une enquête avait été ouverte pour cause de fuite du nom du lauréat, Peter Englund, secrétaire perpétuel, avait réformé le cryptage des auteurs, et estimé que l'attribution d'un nom de code ne devait reposer sur aucune logique ou proximité sonore. Englund, un ancien des services de renseignements militaires, savait de quoi il parlait. Désormais, un livre est pris au hasard, une page est ouverte au hasard et le premier nom propre qui apparaît est choisi comme nouveau nom de code. C'est ainsi que le poète suédois Tomas Tranströmer, choisi en 2011, était devenu Stina.

À noter que jusqu'en 1976, les grandes rédactions obtenaient le nom du lauréat deux jours avant l'annonce.

Le premier jeudi après la mi-septembre, l'Académie se réunit, les membres du comité Nobel exposent leur point de vue sur les candidats et présentent leur classement. Au sein du comité, chacun a ses favoris. Ils ne cherchent pas à être d'accord à ce stade, afin que chacun puisse prendre part à la discussion.

Les académiciens emmènent les vingt-cinq essais et les évaluent durant la semaine qui suit. Le jeudi suivant, c'est au tour des autres académiciens d'argumenter. La température augmente considérablement, raconte Per Wästberg. Les avis divergent souvent de façon diamétralement opposée et l'issue paraît parfois incertaine. La discussion se poursuit quelques semaines durant l'automne et prend fin lorsqu'une majorité claire se dessine.

Les académiciens sont très dépendants des traductions et des expertises auxquelles ils font appel. Personne ne parle le polonais par exemple, raconte Anders Olsson, et quand Wislawa Szymborska obtient le prix (1996), les académiciens sont dépendants de traducteurs discrètement contactés et tenus au secret. L'Académie organise des mini-séminaires. Pour certains groupes de langues comme l'arabe, elle est très dépendante des grandes langues, notamment le français, qui publie beaucoup de traductions. Au sein du comité, les cinq membres maîtrisent en principe les grandes langues ouest-européennes, anglais, français, allemand, parfois aussi espagnol et italien. Il est très important que tous puissent lire, outre l'anglais, le français et l'allemand, insiste Anders Olsson. Mais pour qu'un nom apparaisse, une nomination doit avoir eu lieu. Même pour une langue que personne ne maîtrise, il doit y avoir eu une traduction quelconque. Sinon, impossible d'obtenir un prix Nobel sans avoir pu discuter un nom qui n'est pas traduit dans d'autres langues.

Pour un auteur qui écrit en swahili par exemple, il aura au moins été traduit en anglais ou en français, ce qui constituera une porte d'entrée pour les académiciens. Il faut contrôler les traductions, ce qui se fait au travers d'entretiens avec des experts dans ces langues. Un niveau d'expertise requis lorsque le comité travaille sur la liste d'une vingtaine de noms.

Chaque académicien inscrit ensuite le nom de son favori sur un papier qu'il plie et place dans une urne en étain. Le chancelier, assis à côté du directeur, face au secrétaire perpétuel, compte les voix. Il ne reste plus qu'à patienter jusqu'à l'annonce publique, début octobre. Un motif est rédigé avant de partir, avec la conscience du devoir accompli, vers la salle Bellman où attendent les verres à snaps.

Les quatre qui n'ont pas été choisis ne sont pas systématiquement reportés dans la liste des candidats l'année suivante. Des noms disparaissent, d'autres arrivent. Il faut de toute façon avoir été nominé au moins deux années avant de pouvoir prétendre au prix.

Tout cela, bien sûr une année normale. Encore faut-il que le quorum de douze académiciens soit atteint.

À l'automne 2018, dans la petite salle de l'Académie qui expose les portraits en grand des académiciens, il n'y a toujours que quatorze photos. Sur le site internet de l'Académie, sur les dix-huit sièges, cinq sont marqués *Vakant*. L'illustration du site internet avec les académiciens assis autour de la table n'en montre que treize. Elle date de 2015. Les mois passent, les académiciens vont, viennent, partent, menacent de partir, reviennent.

Je plains celui ou celle qui met à jour les comptes de l'Académie sur les réseaux sociaux.

Kerstin Ekman, l'une des académiciennes qui avait claqué la porte de l'Académie en 1999 en lien avec l'affaire Rushdie, n'est guère tendre vingt ans plus tard : « S'ils parviennent à élire quelqu'un, ce sera très amusant, oui, et même divertissant de voir qui acceptera une place dans cette misère. »

En cet automne 2018, ils sont trois à rejoindre cette misère : une poète d'origine iranienne qui remplace précisément Kerstin Ekman, la dissidente qui avait protesté contre la fatwa iranienne, le juriste Eric M. Runesson qui a œuvré comme médiateur tout au long de la crise et marque ainsi le retour d'un homme de droit dans cette assemblée indisciplinée, et l'historien de la littérature Mats Malm.

Pendant des mois, sous la pression du roi qui agitait la menace de dissolution, l'Académie s'était débattue avec une règle peu claire, y compris pour beaucoup de juristes, quant au nombre d'académiciens requis pour en choisir de nouveaux. Il faut être au moins sept pour prendre des décisions normales, par exemple pour gérer le travail avec les nombreux prix, hors Nobel, qu'attribue l'Académie. À chaque fois, les académiciens ont réussi à être exactement sept, permettant l'accomplissement du travail quotidien. Mais pour choisir un nouveau secrétaire et de nouveaux académiciens, il faut douze membres présents, le fameux chiffre totem sur lequel le roi, notamment, s'était arrêté.

Avec la bénédiction de la Cour royale et de la Fondation, les statuts de l'Académie ont été modernisés afin de permettre la démission de membres et d'éviter ces embarrassants sièges vacants.

La nomination des nouveaux membres a été obtenue après d'âpres négociations avec les trois dissidents qui ont accepté de participer aux décisions, et sont venus s'ajouter aux neuf qui étaient encore présents. Neuf plus trois, douze. Juste la limite, mais nous avons réussi, raconte Anders Olsson, qui était aux commandes durant toute cette période.

Le secret de cette négociation ? L'un des dissidents, Kjell Espmark, en raconte les coulisses. Pour accepter de participer à la reconstruction de l'Académie et permettre d'atteindre le quorum de douze membres requis pour en choisir de nouveaux, les dissidents tapent du poing sur la table : une condition est qu'Horace Engdahl quitte son fauteuil. Mais quand il refuse, ils estiment que leur responsabilité est de placer l'Académie devant leurs considérations personnelles et de participer aux élections qui approchent.

Si Engdahl refuse de céder, l'Académie doit faire un geste en direction des dissidents, qui exigent aussi le départ de Katarina Frostenson. On s'accorde finalement sur une résolution, préparée par le juriste Eric Runesson, dans laquelle les académiciens encouragent fortement Katarina Frostenson à quitter volontairement l'Académie.

Mais l'affaire est loin d'être terminée.

Ce qui est troublant dans cette séquence, c'est cette rhétorique qui renvoie à une situation voisine : l'impossibilité des partis politiques, en cet automne 2018, à se mettre d'accord sur un gouvernement après les législatives de septembre qui ont placé l'extrême droite en position de faiseur de roi. Droite et gauche s'y essayent, en vain, toujours incapables de trouver un terrain d'entente. Ce à quoi le parti d'extrême droite répond : que ce spectacle est pathétique, il est temps de sortir du bac à sable…

20.

La lutte de Strindberg

On l'appelle *Strindbergsfejden.* Littéralement, la lutte de Strindberg. August Strindberg, homme de théâtre, auteur de *Mademoiselle Julie* et de *La Chambre rouge*, qualifié par certains de premier roman moderne suédois, avait la plume cruelle. Et la lutte contre le conservatisme était l'un de ses sports préférés. Surtout quand, en face, l'adversaire s'appelle l'Académie. Entre 1910 et 1912, année de sa mort, Strindberg mène une guerre de tranchées par tribunes interposées. On a relevé pas moins d'un millier d'articles, tribunes, caricatures et chroniques autour de cette affaire, tout cela impliquant quelque trois cents personnes et quatre-vingts journaux ! Une débauche d'opinions sur la religion, la politique, la littérature. À l'époque, on a considéré que le niveau du débat était tombé bien bas.

Quel est le contexte ?

L'Académie suédoise, toutes ces années, est dirigée d'une main de fer par Carl David af Wirsén, celui-là même qui œuvra à ce que le prix Nobel de littérature soit décerné par l'institution qu'il dirigeait. Secrétaire perpétuel depuis 1884, il restera à ce poste jusqu'à sa mort, en juin 1912, tout en occupant également la fonction de président du comité Nobel, de sa création en 1900 jusqu'à sa mort. Wirsén, surnommé le Don Quichotte de l'idéalisme romantique, était un conservateur. Dans tous les sens du terme. Politique, religieux, littéraire, moral. Tenir à l'écart cette génération d'écrivains qui bousculaient sa vision de la société était le combat de sa vie. L'idéalisme évoqué par Nobel dans son testament devient aux yeux de Wirsén un idéalisme conservateur, tenant pour valeurs sacrées l'église, l'état et la famille.

Strindberg, de son côté, est un auteur hautement politique, se décrivant parfois comme chrétien et socialiste. Il sera d'ailleurs une source d'inspiration importante pour la vague des écrivains prolétaires qui allait suivre. Du mauvais côté de la barre. Trop controversé. En résumé : Wirsén haïssait August Strindberg. Il était évident que lui vivant, Strindberg n'obtiendrait jamais le Nobel de littérature.

En confiant à l'Académie le soin de décerner le prix qui porte son nom, Alfred Nobel lui avait conféré légitimité, réputation et importance. Qu'importe, entre les mains de Wirsén, le Nobel est d'abord une arme d'étouffement de tout renouveau littéraire.

Lorsque le premier prix Nobel de littérature est sur le point d'être décerné en 1901, le nom de Tolstoï est sur toutes les lèvres, même s'il ne sera nominé que l'année suivante. Comme ceux de Henrik Ibsen et d'Émile Zola.

Mais « l'absence d'esprit, voire le cynisme, fréquent, dans son naturalisme le rendent difficilement éligible à un prix », dit l'évaluation du comité Nobel lorsque la candidature de Zola est examinée. Tolstoï ? Bien trop radical pour un conservateur comme Wirsén, qui veut promouvoir un idéalisme sain.

Wirsén fait pencher le choix sur le poète français Sully Prudhomme, dont le souvenir est, pour ainsi dire, plus diffus. Ce choix donne le ton.

En Suède même, les critiques sont nombreuses. Les politiciens s'en mêlent. Le responsable du parti social-démocrate déclare que la donation Nobel est en contradiction avec le choix même de l'Académie suédoise pour décerner le prix. Une lettre est écrite à Tolstoï pour dire au romancier russe que le choix de l'Académie ne représente pas celui du peuple suédois ! Strindberg et le peintre Anders Zorn, le même qui a acheté la taverne Den Gyldene Freden et l'a léguée à l'Académie à condition qu'on y serve des boulettes de viande, signent une tribune saignante.

Wirsén campe sur ses positions. L'Académie s'isole, au bord de l'implosion. Dans le choix des nouveaux membres, Wirsén tente de tenir à l'écart la nouvelle vague. Quand, en 1906, il est sur le point de perdre le combat face au choix d'une majorité d'élire l'historien de la littérature Henrik Schück à l'Académie, Wirsén se tourne en catimini vers le roi, qui doit valider les candidats, et le convainc de bloquer Schück. Ce que le roi fait. L'affaire fuite dans la presse, le scandale éclate.

D'un côté, donc, une académie sous pression, contestée.

De l'autre, une série d'articles qu'écrit Strindberg sur le récent culte de Karl XII, le roi qui avait perdu la bataille de la Poltava en 1707, qui marqua la fin de la Suède comme grande puissance régionale. Strindberg s'en prend à ceux qui, époque nationale-romantique oblige, voient désormais Karl XII comme un héros national (jusqu'à aujourd'hui, les néonazis suédois manifestent le 30 novembre, anniversaire de la mort du roi). À l'époque, Strindberg se sert de cette critique du culte de Karl XII pour s'en prendre à deux Suédois présentés comme des héros nationaux, l'écrivain Verner von Heidenstam et l'explorateur Sven Hedin. Strindberg estimait que les réalisations des deux hommes ne méritaient pas une telle célébration. Après tout, Hedin n'avait rien découvert que d'autres n'aient découvert avant lui et la poésie et l'esthétique de Heidenstam n'étaient pas remarquables au point de motiver un changement de paradigme dans l'histoire de la littérature. Hedin et Heidenstam sont présentés comme des laquais et des propagandistes de la mémoire de Karl XII. Le bras de fer avec Hedin fit prendre à Strindberg des positions antimilitaristes, tandis que celui avec Heidenstam, qui devait être élu au fauteuil de

Wirsén en 1912, le fit s'en prendre, en toute logique, à l'Académie suédoise.

Il déterre la plume de guerre, taillade les autorités, l'armée, la maison royale et l'établissement conservateur (la social-démocratie n'a pas encore percé).

Dans son *Discours à la nation suédoise* de 1910 qui lance la « lutte de Strindberg » il évoque l'Académie, un refuge pour auteurs de second rang et « braves messieurs ».

« Est-ce une entreprise savante ?

— Moyennement ! Mais pour se dire tribunal en littérature, il faudrait des experts en littérature. Juger équitablement la littérature nécessite à la fois un goût cultivé et savant. Je devrais savoir si c'est nouveau, original, afin de ne pas récompenser un travail épigone comme si c'était de l'innovation. Par exemple, si je ne connais pas le roman de Goethe sur un lion (dans Eckermann), je risque alors de surestimer le roman *Le Lion* de Per Hallström. »

Lequel Hallström s'avère être un académicien…

Strindberg poursuit, sur le même style :

« Quelles qualifications sont requises pour être accepté dans cet ordre ?

— Tiens ! On se doit avant tout d'être un brave monsieur (un *schangtil karl*).

— C'est quoi ?

— Attaché, prédicateur à la cour, évêque, ancien ministre… Mais je crois qu'il faut aussi réaliser de bonnes affaires.

(…)

— Cette institution ne peut-elle subir aucun changement avec le temps, de sorte que la cérémonie de remise des prix devienne une véritable récompense du mérite ?

— Oui, je pense : si par exemple les garçons font la course sur la piste, alors le meilleur coureur obtient évidemment le prix ; mais à l'Académie c'est généralement la pire production de l'année qui obtient le prix. Cela serait bien que l'Académie suédoise, comme la française, récompense la meilleure œuvre poétique publiée au cours de l'année passée, et non pas un paquet de vers sans poésie. Ainsi, un jugement bien fondé serait acquis et le concours serait public à l'instar des panathénées et des Jeux olympiques.

Mais les statuts de l'Académie interdisent cela.

Les statuts de l'Académie ont changé plusieurs fois et peuvent donc être changés à nouveau. L'Académie peut même être fermée, puisqu'elle a été fermée en 1795. »

Intermède historique : l'Académie suédoise a été créée par Gustav III. Très francophile, le roi avait voulu doter la Suède d'une institution similaire à l'Académie française. Lorsqu'il meurt assassiné en 1792, l'Académie est fragilisée. Le futur roi Gustaf IV Adolf n'a que 13 ans et la régence est assurée par le frère du roi tué, qui confie le pouvoir à l'un de ses proches, Reuterholm, ennemi juré de tout ce qui rappelle le souverain disparu, notamment l'Académie. L'Académie évite de peu la dissolution, mais elle doit faire profil bas et se mettre en sommeil. Lorsque le jeune roi atteint la majorité, Reuterholm est chassé de Suède et l'Académie reprend ses activités.

Dans son *Discours à la nation suédoise*, Strindberg continue avec un régal évident. Son coup de grâce :

« Finalement, les gens se rassemblent autour d'un idiot qui imagine qu'il est l'un des sages des temps anciens, et on admire un chanteur sans voix et sans oreille. C'est cette lâcheté qui transforme une nation criarde en niais, et ainsi, que bientôt c'est une honte d'être suédois. »

Fermez le ban.

Article après article, Strindberg attaque. Ni amertume ni jalousie, assure-t-il, de ne percevoir aucune bourse de l'Académie. Juste le sentiment d'être maltraité. Strindberg s'en prenait à un système qu'il souhaitait en secret rejoindre, son besoin de reconnaissance s'accordait mal avec l'attention portée à des écrivains plus jeunes qu'il considérait peu.

La croisade dans laquelle se lance Strindberg, essentiellement tournée contre Heidenstam, ressemble à s'y méprendre à celle qu'aurait pu entreprendre un écrivain ou un journaliste un siècle plus tard à l'encontre de la bande à Horace Engdahl, la clique de *Kris*, Stig Larsson, Anders Olsson, et les autres qui s'étaient connus à la fin des années 1970. N'est pas Strindberg qui veut. Le Strindberg du XXIe siècle nécessite la rédaction de

Dagens Nyheter, et quelques autres. Mais les tirs de barrage sont de même force.

La scène politique est polarisée comme jamais. À un siècle de différence, la même configuration qu'aujourd'hui. 1910, la social-démocratie suédoise émerge à peine. Le parti social-démocrate a été créé vingt ans plus tôt et a obtenu son premier député en 1896, mais il faudra encore attendre 1920 pour le premier gouvernement social-démocrate. Strindberg est souvent cité comme l'écrivain le plus important de Suède, est aussi considéré comme l'ami des ouvriers. En face, son ennemi juré, Heidenstam, ennemi de classe, ennemi de plume.

Qui a gagné ?

Wirsén et Strindberg sont tous les deux morts au printemps 1912, à un mois d'intervalle.

Heidenstam fut élu à l'Académie suédoise la même année, au fauteuil de Wirsén. Quatre ans plus tard, il fut récompensé par le prix Nobel de littérature.

Mais Strindberg avait déjà gagné le cœur de ses concitoyens, haut la main. En 1911, un peintre en bâtiment et militant social-démocrate, Adolf Lundgrehn, avait proposé une collecte afin de créer un prix anti-Nobel ou le prix Nobel du peuple devant être décerné à August Strindberg. Un évêque et le prince Eugène, frère du roi, soutinrent même la collecte. L'argent récolté atteignit la coquette somme d'environ

200 000 euros d'aujourd'hui. 40 000 personnes contribuèrent. Strindberg versa la plupart de l'argent à des caisses de chômage. Le jour où l'argent lui fut remis, 15 000 personnes défilèrent dans Stockholm pour le célébrer.

21.

Moberg, Zola, Freud…
la cohorte des oubliés et des ratés

En 1908, Rudolf Eucken obtient le prix Nobel de littérature. Personne n'a entendu parler de lui. Normal, il est un compromis entre deux phalanges d'académiciens qui jusqu'au bout bataillaient pour leur poulain. De guerre lasse, on se rabattit sur un troisième choix, un candidat neutre dont personne ne voulait.

Pour un Strindberg qui se voit décerner un prix Nobel du peuple, ou pour un Eucken vainqueur par défaut, combien de déçus, d'oubliés ? L'histoire du prix Nobel de littérature est jonchée de cadavres.

Nominé douze fois pour le prix Nobel de médecine, Sigmund Freud laissait entendre qu'un prix troublerait trop son style de vie. Mais Freud fut aussi nominé pour le prix Nobel de littérature. Freud avait écrit un article, *Un trouble de mémoire sur l'Acropole*, qu'il envoie début 1936 à Romain Rolland, lauréat du prix Nobel de littérature 1915 (remis en 1916). Romain Rolland écrit aussitôt à l'Académie suédoise et propose Freud pour le prix Nobel de littérature : « Je sais qu'à première vue, l'illustre savant semblerait désigné plus spécialement pour un prix de médecine. Mais ses grands travaux intéressent directement la psychologie ; ils en ont renouvelé les sources ; ils ont ouvert une voie nouvelle à l'analyse de la vie émotive et intellectuelle ; et, depuis trente ans, la littérature en a subi l'influence profonde : on peut dire que plusieurs des représentants les plus marquants du nouveau roman et du théâtre, en France, en Angleterre, en Italie, portent sa marque.

J'ajoute que le Prof. Sigmund Freud, que j'ai l'honneur de connaître personnellement, est d'une rare hauteur de caractère, qu'il a maintenu pendant toute une vie de labeur stoïque, dénuée d'honneurs officiels et perpétuellement en butte à l'hostilité, ou étouffée sous le silence de la science officielle, que la hardiesse de ses vues nouvelles irritait. »

L'académicien chargé d'évaluer la candidature renvoie Freud sans ménagement à ses rêves. « Le fait que Freud ne peut, ne serait-ce qu'un instant, se délivrer de son idée fixe (le complexe d'Œdipe) ne parle d'ailleurs pas en faveur de la portée pratique de sa méthode curative : une confession illimitée jouant le rôle de l'éboueur de l'inconscient. Que l'époque ait fait main basse sur sa sagesse avec un tel engouement et dans de telles proportions devra être relevé comme un des côtés parmi les plus caractéristiques et les plus inquiétants de cette période. Un tel fait ne constitue pas une raison suffisante pour obtenir le prix Nobel de littérature. C'est d'autant moins le cas que ce sont plus particulièrement les auteurs littéraires qui se sont très souvent embourbés dans sa doctrine et en ont tiré des effets grossiers relevant d'une psychologie bien niaise. » La déclaration s'achève par : « Celui qui a tant corrompu, ne serait-ce que les plus petits de ces nains littéraires, ne doit certes pas être couronné des lauriers du poète, eût-il une imagination féconde dans ses spéculations scientifiques. »

L'auteur de cette critique n'est autre que Per Hallström, alors secrétaire perpétuel de l'Académie et président du comité Nobel. Le même qui, vingt-cinq ans plus tôt, a été l'une des cibles de Strindberg…

Comme Freud, Faulkner n'était pas enthousiaste à l'idée de recevoir le prix Nobel. Quelques mois avant d'être couronné par le Nobel, William Faulkner écrivait à une amie pour s'inquiéter : « Je ne sais rien pour le Nobel. Des rumeurs circulent depuis environ trois ans, qui m'inquiètent un peu. Ce n'est pas quelque chose qu'on peut refuser : ce serait une insulte gratuite, et pourtant je n'en veux pas. » Faulkner ne veut pas de la publicité que provoquera le Nobel autour de lui, mais il sait que ce sera encore pire s'il le refuse. De mauvaise grâce, il fera le voyage à Stockholm.

1970, Alexandre Soljenitsyne est couronné. Mais il se sent obligé de refuser. Par peur de ne pouvoir retourner en Union soviétique s'il venait à Stockholm chercher son prix, alors que sa femme attend leur enfant et qu'il a, en secret, plusieurs livres en cours. L'opinion s'en émeut : que l'on permette à Soljenitsyne de recevoir son prix à l'ambassade de Suède à Moscou ! Le gouvernement suédois envisage une cérémonie privée, discrète, à l'ambassade. Soljenitsyne se sent humilié. Il réclame une cérémonie publique. Impossible, réplique le Premier ministre suédois Olof Palme, la dictature soviétique n'acceptera jamais. Vilhelm Moberg, auteur suédois culte, celui de *La Saga des émigrants* (paru en France aux éditions Gaïa), s'enflamme. Après avoir été traité d'« ennemi du Reich » par le régime nazi – la seule « médaille » qu'il ait acceptée –, rien ne lui fait peur. Il attaque frontalement Olof Palme lors d'une émission télévisée, lui jetant toute sa déception à la face. Mais pour être validé, un lauréat du prix Nobel doit prononcer un discours. Le dilemme est réglé avec l'aide d'un journaliste suédois qui vient d'arriver comme correspondant à Moscou. Au cours d'une rencontre secrète fin avril 1972 dans un passage souterrain de la gare de Biélorussie à Moscou, Soljenitsyne lui remet un bout de pellicule photo sur lequel il a photographié le manuscrit de son discours Nobel. Le journaliste cache les négatifs dans un tube d'aspirine qu'il place dans le dos d'un petit appareil radio à la place des piles, puis prend le train pour Helsinki, et de là poursuit jusqu'à Stockholm où les négatifs sont remis à l'Académie. Le texte fut rendu public dans la presse l'été 1972 et connut une diffusion mondiale. C'était la première fois que Soljenitsyne utilisait l'expression *archipel du goulag*. Le livre fut publié l'année suivante, avec l'impact international que l'on connaît, menant peu après à son expulsion d'URSS en février 1974. Le 10 décembre de la même année, l'écrivain russe pourra recevoir son diplôme Nobel à Stockholm.

Ironie de l'histoire, alors que cette cérémonie 1974 couronnait une incroyable aventure, elle fut aussi le théâtre de l'un des pires ratés de l'Académie. Car en 1974, l'Académie décerne le prix à deux de ses membres. Harry Martinson et Eyvind Johnson. Pour le reste du monde, c'est la démonstration que l'Académie a perdu pied avec le réel. Conflit d'intérêts, corruption, tout y passe. Dramatique, car les deux auteurs étaient en soi légitimes, en tant que représentants de la vague des écrivains prolétaires qui ont accompagné l'émergence de l'État-providence suédois, dans la digne lignée d'un August Strindberg. Si le public appréciait, les critiques furent mordants. Quatre ans plus tard, Martinson mit fin à ses jours en une sorte d'hara-kiri.

La relation à l'Académie est parfois ambiguë. Ainsi de Vilhelm Moberg, l'auteur de *La Saga des émigrants*.

Ni lui ni son ami Evert Taube, écrivain, compositeur et troubadour, n'avaient été élus à l'Académie. Taube faisait partie du décor de Den Gyldene Freden (sa table est celle tout de suite à gauche après l'entrée). À la fin des années 1960, les deux hommes étaient à moitié sourds et leurs conversations pouvaient atteindre un niveau sonore élevé. Selon la légende, un jour où ils se trouvaient à Freden, on aurait entendu Moberg dire à Taube : « Alors, tu n'as pas encore été élu à l'Académie ? » Et Taube de répondre : « Non ! Il faut plus qu'une hémorragie cérébrale pour y parvenir ! »

Ambigu, car le même Moberg a déclaré : « Les trois principales menaces contre un écrivain suédois : l'alcool, la popularité et l'Académie suédoise ! »

Dans les années 1950, lorsque Moberg écrit *La Saga des émigrants*, l'Académie est l'un de ses principaux objets de haine. Républicain convaincu et hargneux, il considère les Dix-huit comme une clique répugnante, une boutique où des écrivains indépendants et des intellectuels vendent leur âme à la « merde royale ».

En 1952, après l'élection de Harry Martinson à l'Académie, Moberg écrit à leur ami commun Eyvind Johnson tout le mal qu'il pense de cette bande de gars de milieu ouvrier qui furent un temps radicaux et qui maintenant s'habillent en queue-de-pie et prennent des cours d'étiquette royale.

À l'époque, le bruit court déjà que Eyvind Johnson pourrait être élu à l'Académie. Moberg trempe sa plume dans le fiel : « Je ne voudrais pas t'offenser et ne serait-ce qu'insinuer que tu pourrais accepter une élection dans de telles circonstances. » Eyvind Johnson sera élu cinq ans plus tard. Et, avec Harry Martinson, sera donc récompensé du Nobel vingt ans après. Vilhelm Moberg aura eu la bonne idée de décéder un an avant l'annonce de leur prix. Cela lui évitera d'avoir à dénoncer la corruption et l'hypocrisie de l'institution. Voire de ses amis.

L'Académie tentera de récompenser Moberg de sa plus belle médaille, la médaille d'or, rare récompense, mais il la refuse.

En 1998, un programme télévisé organise un vote sur les livres suédois les plus importants du siècle écoulé. *La Saga des émigrants* de Moberg remporte la mise. Sur place, en direct, un académicien a ce commentaire indigné : « Ce n'est pas ce que nous, intellectuels, pensons. » Un commentaire signé… Horace Engdahl.

Dans ses choix de prix Nobel, l'Académie taille. Tolstoï écarté. Zola écarté. Balzac, Victor Hugo, Alexandre Dumas père n'auraient eu aucune chance, et c'est un académicien qui l'a dit.

En 2016, Bob Dylan reçoit le prix. Un compositeur de chansons. Sensation et gros titres assurés. Bob Dylan lui-même ne paraît guère intéressé. Il faut attendre plusieurs semaines avant qu'il ne se signale auprès de l'Académie. Humiliation. Il ne se présente pas à la remise du prix en décembre. Camouflet. Son discours, obligatoire ? Un message enregistré. La claque.

Là encore, la lecture des archives dans cinquante ans sera intéressante. Comment les académiciens ont-ils raisonné et préféré Bob Dylan à Philip Roth, qui aurait sans doute été un choix plus évident pour récompenser la littérature américaine ?

Dylan est bien, me dira une auteure suédoise, mais ce n'est pas sa place. Et je pense, ajoutera-t-elle, que c'est la raison pour laquelle Dylan n'est pas venu à Stockholm. Il sentait, comme Obama, qu'il ne méritait pas ce prix. Quand Obama a eu le prix Nobel de la paix, il était Dieu, mais il n'avait rien fait.

Sur France Inter, Alain Finkielkraut, ami de Roth, aura cette explication : Philip Roth et Milan Kundera n'ont pas eu le Nobel de littérature « à cause de leur supposée misogynie, ce qui discrédite absolument l'Académie de Stockholm ». Pure spéculation bien sûr.

Quand ils doutent, les académiciens se retournent vers leur bible, le testament d'Alfred Nobel. Il précise notamment que le prix doit être remis à une personne qui aura rendu à l'humanité les plus grands services, à l'auteur de l'œuvre la plus remarquable, d'une tendance idéale.

Décryptage : pas besoin d'être romancier pour être récompensé. Sont compris toute œuvre et autres écrits ayant une valeur littéraire par leur forme et leur style, ce qui justifie que Winston Churchill, Henry Bergson ou Bob Dylan aient été récompensés.

Alfred Nobel était un romantique. Il avait précisé dans son testament que le prix devait aller à quelqu'un qui écrivait de façon idéaliste, sans que ce soit trop naturaliste. Très moralisateur dans ses écrits, il s'interrogeait sur la façon idéale de vivre ou sur la personne noble idéale. Une volonté qui a confondu de nombreux spécialistes : que voulait-il dire exactement, dans son testament, par idéaliste ? Ou fallait-il lire idéal ?

Une interprétation qui a évolué au fil des décennies, et qui continuera sans doute.

Qui a prétendu qu'il était facile d'être académicien ?

22.

Vous avez aimé l'Académie ?
Vous adorerez l'Institut

Les Latins causent décidément beaucoup de tort aux Suédois. Avant Jean-Claude Arnault, il y a eu Paolo Macchiarini. Avant le Français, l'Italien. Le Français qu'on laisse faire parce qu'il est… français. Les Français ont les mains baladeuses, ils sont comme ça. Tenez, regardez le métro parisien.

Pas d'affaire #MeToo dans le cas de l'Italien. Mais une histoire tout aussi ahurissante, qui a entraîné la mort de plusieurs personnes. Elle est digne d'un polar, et pourtant elle met en cause l'institut Karolinska, l'établissement scientifique de pointe en Suède, la crème de la crème, avec ses 6 000 chercheurs et scientifiques, dont quelque 400 professeurs parmi lesquels sont recrutés les cinquante qui décernent le prix Nobel de médecine. L'Institut est accolé à l'hôpital Karolinska, le plus prestigieux du royaume, qui cannibalise des investissements monumentaux pour terminer le très coûteux

Nouveau Karolinska, plus de 6 milliards d'euros à l'horizon 2040. L'Institut et l'Hôpital : des poids lourds jalousés.

Et au milieu, Macchiarini, un Frankenstein moderne.

Fin 2010, il est recruté en tant que professeur à l'institut Karolinska et médecin-chef à l'hôpital Karolinska. On ne fait pas mieux en Suède. Au départ, donc, tout va bien. À la fin, rien ne va plus. Entre-temps, les têtes de plusieurs mandarins suédois ont roulé. La chancelière des universités, qui a recruté Macchiarini à l'Institut, a été renvoyée en 2016 par la ministre de la Recherche, quelques heures après la publication d'une enquête sur l'Institut. La ministre qualifie alors l'affaire de scandale et renvoie, dans la foulée, l'ensemble du conseil d'administration de l'Institut. Et on se pince, comme dans l'affaire Arnault. Comment a-t-on pu en arriver là ?

Avec une aura qui lui vaut l'admiration de ses pairs, Paolo Macchiarini rêve d'un monde où la chirurgie ne sera plus nécessaire, et où on utilisera les cellules pour réparer les fonctions d'un organe. La chirurgie remplacée par la thérapie cellulaire… Les rêves de l'Italien coïncident avec l'ambition de l'institut Karolinska, institution d'élite en concurrence avec les meilleurs établissements mondiaux pour attirer la crème des chercheurs. Absente de ce secteur de la médecine régénératrice, l'Institut voit en Macchiarini, avec sa promesse d'implanter des organes artificiels, l'homme idéal pour lancer et diriger un tel département à Stockholm. Et pourquoi pas, à terme, décrocher un prix Nobel.

Macchiarini est présenté comme un chirurgien innovant et entreprenant, avec un vaste réseau et un courage considérable. En juin 2011, il réalise une première mondiale : la greffe d'une trachée synthétique préparée avec des cellules souches du patient, un homme de 36 ans souffrant d'un cancer de la trachée. Le malade décède pourtant en 2014, après avoir à plusieurs reprises tenté en vain de voir le chirurgien. D'autres patients meurent, mais la direction de l'Institut continue à couvrir Macchiarini. Il faudra attendre janvier 2016 et la diffusion d'une série de trois documentaires sur la chaîne publique suédoise pour stopper le chirurgien. Au final, six des huit patients opérés selon sa méthode sont morts.

Que trouve-t-on sous la pelouse ? La lecture de la dizaine d'enquêtes internes et externes diligentées pour faire la lumière sur les dérives de l'affaire Macchiarini et tenter de sauver la réputation de l'Institut est édifiante : négligence et nonchalance. Ce sont les deux mots que répète en boucle le président de la Cour suprême administrative qui a présidé l'une des commissions. L'affaire commence à mal tourner dès juin 2014, lorsque quatre chirurgiens de Karolinska qui ont cosigné plusieurs publications avec Macchiarini l'accusent de fraude scientifique. On le soupçonne d'avoir pratiqué de la chirurgie expérimentale et d'avoir dénaturé ses résultats, notamment dans la revue scientifique médicale britannique *The Lancet*.

L'enquête sur le rôle de l'hôpital avait conclu que l'établissement était imprégné d'« une pensée de groupe destructrice et d'une culture du silence ». Écho troublant à ce prix Nobel du silence dont l'Académie a été affublée.

L'enquête relevait notamment à quel point l'Institut avait fait pression sur l'hôpital pour qu'il embauche Macchiarini. Pire, elle dénonçait une tradition désinvolte vis-à-vis de principes importants, une culture de mépris pour les formes, antérieure sans doute à l'époque Macchiarini.

Comme avec l'affaire Arnault, les chroniqueurs tirent à boulets rouges. Et comme avec Arnault, on vise le système. On met le doigt sur les liens très étroits de l'Institut avec le complexe médico-industriel, une toile mêlant recherche, industrie, politique et capital, difficile à contrôler, aux intentions obscures, où le risque de corruption est certain, et, où les récompenses sous forme d'argent et de prestige sont attirantes.

Un mal qui s'est infiltré dans le système depuis vingt ans, selon certains observateurs du sérail, quand la finance a fait son entrée dans le monde de la science.

En Suède, la loi donne aux chercheurs les droits sur les résultats de leurs recherches. Ils peuvent eux-mêmes déposer un brevet et choisir quand et où leurs travaux sont publiés, à la différence des États-Unis où c'est l'université qui en possède les droits.

La Suède profite peu de cette disposition, jusqu'à l'arrivée de Hans Wigzell, également conseiller scientifique du gouvernement social-démocrate, à la tête de l'Institut entre 1995 et 2003. Il lui donne une nouvelle orientation. Désormais, les chercheurs ne doivent pas seulement être bons pour rechercher, ils doivent aussi pouvoir commercialiser leurs découvertes et en faire profiter la société. L'Institut se lance dans la course. Pour attirer de l'argent, il faut tirer vers l'excellence, recruter des personnalités qui aguichent les financiers, qui font parler d'eux. Comme Macchiarini. Même en Suède, les gens sérieux se laissent prendre au *star system*, soulignera un homme d'affaires habitué de ces milieux. Il est vrai que le prix Nobel de médecine séduit beaucoup de gens.

D'où ce commentaire du responsable de la principale commission d'enquête : « On peut se demander si la politique de recherche a contribué à ce qui s'est passé. Cette course à l'excellence, cette ambition élitiste ne sont pas condamnables en soi, mais elles peuvent aveugler les scientifiques et les pousser à contourner les règles tant ils sont pressés de trouver un futur prix Nobel. »

Le mot tabou est lâché. Celui qui fait faire des cauchemars aux membres de la fondation Nobel. Que ces scandales éclaboussent LE prix. Car des doigts moralisateurs se lèvent : « Il sera dur de décerner le prix Nobel en tout bien tout honneur après ce qui s'est passé », déclare dans un long réquisitoire Bo Risberg, professeur et expert en éthique, après avoir qualifié Karolinska de « Tchernobyl de l'éthique ». Il propose de renoncer à décerner le prix Nobel de médecine pendant un ou deux ans, pour marquer que la Fondation prend ses distances par rapport à ce qui est arrivé. « Les lauréats potentiels du prix Nobel de médecine 2016 devraient y renoncer si c'est la même bande qui décide », suggère le médecin-chef d'un hôpital de province.

Il n'en sera rien. Traditionnellement, une assemblée indépendante de cinquante membres, tous professeurs à l'Institut, choisit le prix Nobel de médecine. Pour cause d'affaire Macchiarini, seuls 45 membres délibèrent en 2016. Cinq autres, impliqués à des degrés divers dans le recrutement de Macchiarini, sont écartés. Rien d'autre.

Pire, les quatre chirurgiens lanceurs d'alerte seront tracassés, harcelés. On menace de les renvoyer. Trois d'entre eux sont punis et blâmés pour faute professionnelle, pour avoir cosigné un article avec Macchiarini. Il faudra attendre des mois avant qu'une organisation leur décerne un prix pour leur action de lanceurs d'alerte, le 21 novembre 2018, un an jour pour jour après la publication de l'affaire *kulturprofilen*, au moment même où l'auteure de l'article qui a mis le feu aux poudres, Matilda Gustafsson, obtient le Grand Prix de journalisme 2018.

23.

Un si joli musée

Quand on pense Nobel, on pense Stockholm. Là où ça brille. Les académies de sciences, lettres, médecine, tout le bling-bling est à la capitale. Le château royal, le repas de gala dans la salle bleue de l'hôtel de ville, robes longues et queues-de-pie, le roi, la reine, les caméras et les nuits au Grand Hôtel pour les lauréats. Le musée Nobel, dans la vieille ville, au rez-de-chaussée de l'Académie suédoise et non loin du restaurant Den Gyldene Freden. Quand on pense Nobel, on pense parfois Oslo aussi, pour ceux qui savent que le prix Nobel de la paix est décerné par un petit comité du parlement norvégien. Comme à Stockholm, et avec le même faste, lui aussi est remis le 10 décembre. Grand gala à l'hôtel de ville d'Oslo, robes longues et queues-de-pie, le roi, la reine, les caméras et les nuits au Grand Hôtel pour le lauréat.

À mi-distance entre Stockholm et Oslo se trouve une ville pas bling-bling pour deux sous, Karlskoga. Sans cette ville minière du centre de la Suède, le prix Nobel de littérature aurait sans doute été attribué à Paris par les membres de l'Académie française. Et le monde aurait évité l'embarras du pitoyable scandale qui ébranle les Dix-huit et le royaume tout entier.

C'est à Karlskoga que l'on doit le retour d'Alfred Nobel en Suède à la fin de sa vie.

Pas de dorures ici, mais du minerai, de ce fer qui a fait la Suède, de la grisaille sans la griserie, des coups de pioche, de la sueur, de l'industrieux, des coups de masse, de la sueur, du laborieux.

Alfred Nobel est né avec une faible constitution. Il a 9 ans quand il quitte la Suède pour rejoindre son père installé à Saint-Pétersbourg. Celui-ci, endetté, a fui le pays quelques années auparavant et s'est lancé dans la fabrication de mines sous-marines. Jusqu'à ses 10 ans, sa mère couve le petit Alfred. Il écrit des poèmes et des pièces, au grand dam de ses parents qui trouvent ce goût littéraire embarrassant et en brûlent beaucoup. Il en reste quelques-uns, comme celui-ci écrit à 18 ans :

« Mon berceau avait l'air d'un lit de mort, et pendant des années une mère regardait avec un soin toujours anxieux, si peu de chance de sauver la lumière vacillante, ma rareté pouvait maîtriser la force pour drainer la poitrine et les convulsions suivaient, jusqu'à ce que je suffoque à la limite de l'insignifiance – mon cadre une école pour agonie avec la mort pour objectif.

Enfant, sa faiblesse fait de lui un étranger dans le petit monde où il se déplace. Quand les garçons jouent, il ne les rejoint pas, un regardeur pensif, ainsi exclu des plaisirs de son âge, l'esprit ne cessant de ruminer sur ceux à venir. »

Après avoir passé dix-huit ans en Russie, Alfred revient brièvement en Suède en 1863, quand son père fait faillite. Il a 29 ans, s'y plaît peu, et quitte à nouveau le pays. Il n'est donc resté habiter qu'un an et demi en Suède à l'âge adulte. Ensuite, il ne s'arrêtera jamais de parcourir l'Europe, créant des dizaines d'entreprises.

Il possède notamment un logement avenue de Malakoff, à Paris. Son laboratoire de recherche sur la nitroglycérine, Ballistit, est fermé par les autorités françaises qui considèrent que ce composé hautement explosif est une invention française, puisque le brevet est français. Accusé d'espionnage industriel, Alfred Nobel s'installe bientôt à San Remo, construit un nouveau laboratoire et procède à des essais de tirs depuis un quai en bord de mer. Les voisins se plaignent, il achète leurs maisons. Nobel croit enfin ne déranger personne, si ce n'est les propriétaires de bateaux qui commencent eux aussi à se plaindre des tirs en mer. Les autorités italiennes interviennent à leur tour et ferment le laboratoire de San Remo. Une des connaissances de Nobel lui signale alors que la compagnie suédoise Bofors, sise à Karlskoga, en Suède, se porte mal et lui conseille de contacter la famille Kjellberg, prête à vendre. Nobel est invité sur place pour en discuter et s'y rend fin août 1893. Il découvre une industrie relativement moderne qui fabrique des canons, du personnel qualifié et surtout, à quelques kilomètres de là, un champ de tir pour tester les canons. Précisément ce dont il a besoin. Il achète tout, notamment la maison de maître, pour la modique somme d'un million de couronnes, six millions d'euros d'aujourd'hui. Il revient au printemps 1894, car sa santé ne lui permet pas de séjourner en Suède l'hiver, et commence à construire un laboratoire.

À deux heures et demie de voiture de Stockholm, Karlskoga est situé sur la rive nord du lac Möckeln. On y trouve perches, brèmes, brochets, sandres, éperlans, lavarets, ablettes. Karlskoga possède aujourd'hui son gymnase Nobel, son hôtel Nobel, son stade Nobel, sa piste de jogging Nobel. Et son musée Nobel.

On y apprend qu'Alfred Nobel adorait ses chevaux, croyait en un pouvoir supérieur, se méfiait du clergé qui profitait de sa position, côtoyait Victor Hugo, appréciait les femmes russes bien éduquées.

Dans la maison de maître où séjournait Alfred, les pièces sont à l'identique. Des mannequins de cire sont attablés. L'un d'eux représente Alfred Nobel, avec ce profil familier des médailles Nobel. Soudain, la main qui soutient le menton s'anime, le visage s'éclaire, le mannequin de cire prend vie, et se fait conteur…

… Oskar II vient rendre visite à Nobel à Karlskoga en septembre 1895. « Le roi était si content de moi », dit le comédien. Pensez donc : Nobel a accumulé quelque 350 découvertes, jonglé avec 93 entreprises dans 20 pays.

« Mais un an et trois mois plus tard, en décembre 1896, quand je meurs, poursuit l'Alfred de cire, et qu'ils découvrent mes dernières volontés, je peux vous assurer que le roi n'était plus content du tout de moi. »

Alfred Nobel aurait pu choisir de confier l'attribution du prix Nobel à n'importe quel pays, la France où il a passé plus de vingt ans, la Russie où il est né, l'Italie où il a vécu jusqu'à sa mort. Pourquoi la Suède ?

Sans doute pour deux raisons. Il avait le suédois comme langue maternelle, retrouvait sa mère régulièrement et communiquait avec ses frères en suédois. Sur ses vieux jours, pris de nostalgie, il était sur le point de revenir en Suède, comme le prouve l'achat de Karlskoga. Et puis, comme il le disait lui-même, c'est là que l'on rencontrait les gens les moins corrompus.

Comment Nobel pouvait-il en être aussi sûr, lui qui y avait si peu vécu ? Parce qu'il a vu ce qui se passe dans les autres pays ! Il se fait rouler en permanence. On essaie de lui voler ses brevets, il se fait escroquer en France et aux Etats-Unis, son associé le trahit en Allemagne.

Alfred Nobel est célibataire et sans enfant. Ses frères et ses parents sont morts.

Lorsqu'il meurt le 10 décembre 1896 à San Remo, la guerre pour l'argent Nobel démarre.

Ragnar Sohlman, chimiste et bras droit de Nobel, a 26 ans quand il devient son exécuteur testamentaire.

Issu d'une famille à la fibre sociale, voulant combattre les injustices, Nobel n'a rien contre la richesse, mais il ne veut pas que l'argent détruise sa famille.

Son troisième testament est rédigé en suédois au club suédois-norvégien de Paris le 27 novembre 1895. Sa fortune à sa mort s'élève à 33,2 millions de couronnes, soit près de 200 millions d'euros. Le testament précise que l'essentiel de l'argent doit être versé à une fondation qui veillera à ce que cinq prix soient décernés tous les ans : physique, chimie, médecine, littérature, paix. Les prix seront accordés à n'importe quelle nationalité, tant que le meilleur l'emporte. Le comédien qui joue Alfred poursuit sa visite de salle en salle : « Le roi, lui, voulait que le prix soit suédois, il ne voulait pas qu'il parte à l'étranger ! »

Le choc est brutal pour les nièces et neveux quand ils comprennent qu'ils n'hériteront que de miettes. Farouchement opposés au testament, ils n'ont aucune intention de fonder un prix. Devant quel tribunal se tourner pour légaliser les volontés du défunt ?

Nobel a trois maisons dans trois pays sous trois lois différentes. Il a vécu vingt-trois ans à Paris, trois ans seulement à Karlskoga. Mais au moment de son décès, il est enregistré à Paris, à San Remo et à Karlskoga.

Les Français sont très intéressés et affirment que tout ce qui touche aux dernières volontés de Nobel doit être réalisé à Paris. La famille, qui goûte peu l'idée d'Alfred de léguer la plus grosse partie de sa fortune à une fondation fumeuse, tente de faire en sorte que le testament soit exécuté en France, ce qui, espère-t-elle, leur permettra de faire main basse sur l'argent. Une décision du tribunal de Paris le confirme bientôt.

Mais le tribunal de Karlskoga décrète que le testament de Nobel doit être exécuté en Suède.

Sohlman porte alors l'affaire devant la Cour suprême à Paris et se fait assister d'un juriste français, Paul Coulet. Ce dernier trouve une astuce dans le code civil : « L'endroit où un homme a tous ses chevaux dans une étable doit être considéré comme son lieu de résidence. » Nobel avait trois chevaux russes Orlov dans une étable à Karlskoga. Les dernières années où Nobel avait habité à Paris, il n'avait aucun cheval. La Cour suprême de Paris a accepté cet argument et admis que Karlskoga était le lieu où le testament de Nobel devait être réalisé. Grâce à la loi française et à trois chevaux russes dans une étable, le prix Nobel est devenu suédois. La famille dut se contenter d'un million sur les 33,2 millions de la fortune Nobel.

D'un musée Nobel à l'autre.
De Karlskoga à Stockholm.

Comme si l'affaire Arnault ne suffisait pas, une guérilla juridique empêche depuis une vingtaine d'années le rêve de la fondation Nobel de se réaliser.

L'enjeu ? Offrir à Nobel un musée « digne de ce nom » à Stockholm, sa propre maison. Celui de la vieille ville est hébergé dans l'immeuble de l'Académie suédoise, bien trop étriqué. C'est l'un des grands projets du P-DG de la fondation Nobel, qui gère le testament, fait prospérer et commercialise la marque Nobel.

En septembre 2011, la Fondation et la ville de Stockholm tombent d'accord sur le lieu envisagé : Blasieholmen, situé derrière le Musée national, à deux pas du Grand Hôtel où les lauréats Nobel sont hébergés pendant la semaine Nobel en décembre. Le déménagement porterait la marque Nobel à son apogée. Oui, on parle de marque, depuis que Svante Lindqvist, ancien directeur du musée Nobel, devenu grand chancelier du roi avant de prendre sa retraite fin 2018, a mis en branle ce branding de la « marque » Nobel, avec contrats sur les droits télé, et tout ce qui va avec.

L'idée est soutenue par une majorité du conseil municipal de Stockholm, des sociaux-démocrates aux conservateurs en passant par les centristes. Le projet architectural du bureau David Chipperfield Architects à Berlin est sélectionné en avril 2014. Mais l'installation du Centre Nobel compte de puissants ennemis, parmi lesquels… le roi lui-même. Selon lui, le nouveau centre défigurerait ce quartier historique. Il est trop gros, trop moche, trop mal placé.

Fin mai 2018, alors que la marque Nobel saigne après l'annulation du prix de littérature, le tribunal de l'environnement dit non au zonage souhaité pour le futur Centre Nobel.

Ça tombe bien, seuls 11 % des Stockholmois soutenaient le projet de déménagement, 42 % étant clairement contre.

Six mois plus tard, le vendredi 12 octobre, un mois après les élections législatives et municipales, alors que les prix Nobel de l'année viennent juste d'être annoncés, une majorité se dessine enfin pour la gestion de la ville de Stockholm : la droite, jusque-là favorable au déménagement du Centre Nobel, s'allie aux Verts qui y sont opposés. Pour bétonner l'accord, la droite renonce au Centre Nobel, à Blasieholmen. Le roi et ses amis ont gagné. Le patron de la fondation Nobel, qui a besoin du roi pour forcer la réforme de l'Académie suédoise, choisit de ne pas continuer à se battre sur deux fronts.

Tant pis pour l'ex-futur clinquant musée Nobel. La vie continue, et celle de Nobel, en cette fin d'année, s'accélère.

Mardi 5 décembre 2018. 10 heures du matin. Musée Nobel, dans la vieille ville de Stockholm. La place est envahie des petites cabanes en bois peintes au rouge de Falun, la mine de cuivre dont les résidus ont donné cette couleur, inscrite au patrimoine historique et culturel de l'humanité suédoise. L'image de la Suède éternelle. À l'heure pile, la conférence de presse de la fondation Nobel démarre.

On s'approche de l'apogée du cycle annuel Nobel, qui sera bien sûr la journée du 10 décembre, jour de la mort d'Alfred Nobel. À partir de 16 h 30, cette journée d'apothéose débute par la cérémonie de remise des prix à Konserthuset, la Maison des concerts. Deux heures plus tard, les célébrations se poursuivent pour les élus dans la salle bleue de l'hôtel de ville, avec le banquet.

En attendant, l'attaché de presse de la Fondation parade sur l'estrade. Il annonce le début de la semaine Nobel le lendemain. Les lauréats vont venir ici même signer des sièges au bistro du musée et y laisser un objet. Au plafond, un rail traverse tout le musée et serpente en baladant des portraits des lauréats depuis 1901. Pour l'instant, ils sont au repos. Là-haut à droite, je vois le très moustachu Aristide Briand, Nobel de la paix 1926. À gauche, le dos du portrait de Sir Frederick Hopkins, Nobel de médecine 1929. Pendant que l'attaché de presse présente les auteurs du morceau qui sera joué le soir du banquet Nobel, une vidéo de l'expo à la gloire de Martin Luther King (Nobel de la paix 1964) passe en boucle sur le côté. « Laissez les cloches de la liberté sonner. » Des femmes noires applaudissent tandis que c'est au tour de Daniel Roos, pâtissier officiel du banquet Nobel, de présenter son travail. La pression maximale. « Le monde entier regarde, dit Roos. Alors il faut que ce soit quelque chose que quand on regarde, on dit wow wow. » Roos insiste. Le défi était vraiment compliqué, parce que cette année, il fallait que ce soit sans gélatine. Pour des raisons religieuses et végétariennes, on ne sait pas dans quel ordre. « Que la liberté retentisse ! » lance King. « Et 99 % des desserts que j'ai faits jusqu'ici contiennent de la gélatine », réplique Roos. On ne réalise pas vraiment la difficulté. Alors Roos en rajoute une couche : « Et moi, shit, comment on fait ? »

L'attaché de presse reprend ensuite dignement la main, évacue encore quelques éléments du programme. Puis précise, la voix légère, que cette année est un peu spéciale, car il n'y aura pas de prix Nobel de littérature. En conséquence, sur le podium de la Maison des concerts, aussi surnommé « la montagne aux pingouins » (*pingvinberget*), concentration de queues-de-pie oblige, où les institutions qui décernent les prix sont représentées, on ne verra pas l'Académie suédoise, en tant que telle. « Autant de sièges que d'habitude ? tente un journaliste. – Autant de sièges que de personnes présentes », sourit l'attaché de presse. Ce qui veut dire moins de sièges que d'habitude. L'académicienne Sara Danius sera sur le podium, mais en tant que membre du conseil d'administration de la fondation Nobel. Pas de siège vide embarrassant. *Tack*, conclut le communicant.

En ce début décembre 2018, Stockholm s'agite. La semaine Nobel et ses soucis gélatineux ne sauraient occulter un autre événement d'une ampleur importante pour la Suède : les consultations, premières du genre, entre des représentants du gouvernement yéménite et des rebelles houthis. Je rencontre des journalistes yéménites de passage à Stockholm pour suivre les « consultations ». Ils font partie d'un groupe en formation. Les Suédois sont fiers de leur rôle de facilitateurs. « La Suède est une marque reconnue s'agissant de paix et de diplomatie », leur explique un diplomate. La Suède, un pays de marque.

24.

Nobellâtres

Comme un Suédois en Suède.

On n'évite pas certains rituels pour s'intégrer dans ce pays. Danser autour du mât à la Saint-Jean, faire la queue au Systembolaget, le monopole de vente d'alcool au détail, ou goûter sans moufter le *surströmming*, hareng fermenté, pour conquérir son futur beau-père. Écouter sans ciller les éliminatoires de *Melodifestival*, interminables préliminaires suédois au concours de l'Eurovision, grande cause nationale suédoise. Et regarder la retransmission en direct de la journée Nobel le 10 décembre. D'abord la remise formelle des prix, à la Maison des concerts avec sa montagne aux pingouins, suivie dans la soirée du dîner Nobel à l'hôtel de ville et la fête où lauréats Nobel et têtes couronnées roucoulent au diapason. Quand la Suède oublie son fond sobre et austère, protestant et social-démocrate, pour se vautrer dans le faste, l'élitisme et la quintessence du pouvoir héréditaire. Allez, une fois l'an, ce n'est pas la mort.

Évidemment, assister à la cérémonie…

La liste de mes mérites et mon enthousiasme y suffiront-ils ?

Ou bien ont-ils retrouvé dans leurs tiroirs la trace de ma première tentative, vingt-cinq ans plus tôt ? Je le crains.

Pour moi, il s'agit d'une vieille histoire, qui remonte au temps de mon arrivée en Suède quand, jeune journaliste sérieux, à peine débarqué à Stockholm, je dépose une demande pour assister au repas des prix Nobel. Quelques semaines plus tard, je reçois le précieux sésame. Je ne me rends pas compte, alors, de ma chance inespérée, inconscient que je suis. À l'époque, j'avais déjà été initié à la soirée télé du banquet Nobel en écoutant les commentaires sur les robes et les bijoux. J'avais observé les animateurs télé se fondre en coulisses pour nous raconter les à-côtés de la fête. C'est ce que je veux voir aussi. Lorsque la responsable de la salle de presse du ministère des Affaires étrangères m'annonce, le regard bienveillant et généreux, que je fais partie des rares journalistes à pouvoir assister au banquet, je trouve cela normal. Je sais déjà, alors, qu'il me faudra louer une queue-de-pie et payer, cher, mon repas, mais on est professionnel ou on ne l'est pas. Elle tient le précieux carton entre ses mains. Je lui demande, confiant, quelles sont les règles pour pouvoir aller dans ces fameuses coulisses, discrètement, comme les animateurs télé.

C'est ce que je veux raconter à mes lecteurs. Le regard bienveillant et généreux devient bizarre. Traversé par un doute. La diplomate me regarde un instant puis me parle lentement, pour être sûre d'être bien comprise, un peu comme si elle parlait à un enfant de 10 ans : « Mais tu ne peux pas quitter ton siège… De toute la soirée. Tu dois rester assis les quatre heures du banquet, à la table des journalistes, au fond de la salle. » Son sourire reste figé, elle tente de garder son masque bienveillant et généreux, mais je sens bien que le simple fait d'avoir à m'expliquer cette évidence l'embarrasse. Et si elle s'était trompée… Son espoir s'écroule lorsque je lui dis que je ne vais pas au banquet pour rester assis au fond de la salle et manger, mais bien pour travailler et pouvoir interroger des gens, en toute discrétion bien sûr, en me mettant là où on me dira de me mettre, avec mon carnet et mon stylo, qui seront quasi invisibles. Parce que si je ne peux pas travailler, à quoi bon… Le masque se fendille. Le doute laisse la place à la stupéfaction. Bienveillance et générosité s'évaporent. Le regard se plisse. Les flammes vont bientôt jaillir de sa bouche. Et là, d'un geste sec, elle déchire l'invitation en deux. Sans un mot. Elle est ulcérée. C'est sûr, on ne lui a jamais fait ça. Elle disparaît. Volatilisée avec les deux bouts de carton. Pour une Suédoise, c'est ultra violent. C'est comme si elle m'avait jeté son bureau à la figure.

Lorsque, l'air goguenard, je raconte l'épisode à ma copine suédoise, elle me regarde avec un air atterré. Le choc des cultures en *direct live*. Elle vient de réaliser que le père de son enfant est un Français, rien qu'un Français. Et que ce type a beau avoir passé le test du *surströmming*, il est probablement moins récupérable qu'un hareng fermenté.

Je n'ose pas imaginer que je suis toujours sur la liste noire, mais… Quand en cet été 2018, je tente à nouveau ma chance, pour les besoins de ce livre, je suis bien décidé à me taire.

En patientant, je surfe sur le site internet de la fondation Nobel. Il croule sous les statistiques. On dirait un match de foot de la Ligue des champions. En voyant défiler les chiffres, j'aperçois une belle photo de la médaille remise aux lauréats.

De dépit, sans doute à l'idée de me faire refuser l'entrée dans le saint des saints, je me demande s'il serait possible de trouver une telle médaille. Pourquoi cette pensée me traverse-t-elle l'esprit ? Mystère. Mais je vais sur eBay. Bingo, je trouve LA médaille remise à Alfred Einstein en 1922. Évidemment le profil n'est pas exactement le même que sur la photo. Mon trouble se transforme en suspicion lorsque je découvre que dans la case quantité, on peut lire le chiffre un. Mais juste à côté, il est précisé que trois sont disponibles. Franchement, ça se complique. Il faudra demander à la fondation Nobel.

Je pourrais peut-être les menacer de révéler un immonde trafic de médailles si je n'obtiens pas ma place.

À bien lire, il est précisé sur l'annonce qu'Einstein avait reçu une version plus grande de la médaille, et en or. Pas de scandale à révéler. Mais un sacré business, si c'était une vraie médaille. En juillet 2015, la médaille du prix Nobel de la paix 1909, le Belge Auguste Beernaert, s'est vendue quelque 500 000 euros chez Christie's.

Nobel et l'argent… Tout un programme. Combien coûte un Nobel ? Question subversive. Les Nobel sont incorruptibles. Autre question alors. D'où vient l'argent des Nobel ? De l'Académie suédoise ? Car si le faste d'une grande fête, une fois l'an, n'a rien de choquant en soi, il y a beaucoup d'argent en jeu derrière ces vénérables institutions que sont la fondation Nobel et l'Académie suédoise.

Banquet Nobel : prix du ticket d'entrée pour aller faire le bellâtre : 3 000 couronnes, soit 300 euros.

En vain. On me signalera durant l'automne que malheureusement, les places étant très limitées, je ne pourrais en être. Qu'est-ce que je manque ? La table des journalistes, dans un coin de la salle bleue de l'hôtel de ville, au loin, avec à peine quelques feuilles vertes jetées sur la table et des pièces en chocolat. Les 25 000 fleurs arrivées spécialement de San Remo, la ville italienne où Alfred Nobel est décédé, sont réservées aux autres invités, 1 300 au total.

Traditionnellement, les ambassadeurs en poste à Stockholm sont invités à la cérémonie de remise des prix et diplômes à Konserthuset. Mais seuls ceux qui

« ont » un lauréat sont conviés aux festivités, dîner et soirée dansante, à l'hôtel de ville. Les exclus se retrouvaient donc à la sortie, en queues-de-pie et robes du soir, et se sentaient bien marris jusqu'à ce que l'un d'eux ait la brillante idée de lancer : on est tous sur notre trente et un, on ne va quand même pas rentrer comme ça ! On fait une fête ! Et c'est ainsi qu'est né le Nobelito, soirée très exclusive pour les diplomates de Stockholm.

La fièvre Nobel ne saisit pas que les ambassadeurs.

Le jour dit, le lycée français de Stockholm organise son propre Nobel, où un élève par classe reçoit une récompense, le tout suivi d'un banquet à la cantine du lycée, servi par les parents.

Et ainsi, un peu partout en Suède, ce 10 décembre, on se la joue Nobel. Avec le cérémonial de circonstance. Les Nobel, c'est un peu comme les Oscars pour les Suédois. Retransmis en direct à la télé depuis 1963, le show de quatre heures attire plus d'un million de téléspectateurs, un Suédois sur dix. Les experts donnent leurs conseils dans les journaux pour réussir sa propre soirée Nobel, tout en regardant dîner et danse à la télé.

Préparer ses propres diplômes Nobel. Préciser aux invités le code vestimentaire. Sortir la porcelaine. Pour les perfectionnistes, le service estampillé Nobel, 55 pièces, 3 500 euros aux enchères il y a quelques années. Les neuf verres Gunnar Cyrén adjugés pour

280 euros. Couverts à poissons du même, 370 euros. Harmoniser la couleur des fleurs à celle du bouquet du vrai Nobel. Si la retransmission télévisée finit par lasser, l'un des experts estime qu'une partie de Trivial Pursuit est acceptable.

Le Nobel, c'est une semaine entière, avec ses conférences par les lauréats, ses festivités, ses moments formels, son réveil en chants le 13 décembre, jour de la Lucia, par une jeune fille vêtue d'une aube blanche et la tête couronnée de bougies.

En décembre, ce n'est pas seulement Noël, rappelle la rédactrice d'un magazine people, mais le temps de l'une des fêtes les plus glamour de l'année. Et pour les novices, elle précise : « Chaque année, c'est toujours aussi excitant de voir quelle tête couronnée ou dirigeante va voler la vedette avec sa robe. »

Il faut savoir qu'entre deux explications savantes sur la signification des découvertes récompensées et sur la vie et l'œuvre des lauréats, durant les quatre heures que dure la retransmission télévisée du banquet, les robes éclipsent tout le reste. Ce soir-là, on oublie #MeToo. Il est permis de mettre entre parenthèses son progressisme et son fonds social-démocrate.

Un autre magazine people raconte que 44 % des Suédois disent qu'à choisir, ils passeraient bien le banquet à côté de la princesse Victoria, assez loin devant un lauréat « cool » (31 %).

Ladite princesse sera observée par des centaines de milliers d'yeux. Ces mêmes yeux qui en 2014 avaient vu que la princesse héritière portait le ruban de l'ordre royal du Séraphin sur la peau nue. La princesse a commis une erreur, avait expliqué l'experte en étiquette à la présentatrice de la télévision publique, avant de se faire pourrir par une nuée de téléspectateurs pour son insolence. Les années suivantes, un bout de robe couvrait l'épaule droite sur laquelle repose le ruban, mais en 2018, la princesse a choisi de défier à nouveau l'étiquette de la même façon, sans provoquer de réaction cette fois. C'est ça, la soirée Nobel.

En 2002, sa petite sœur Madeleine avait été remarquée pour son abyssal décolleté. « Madeleine est belle comme une nana de *Baywatch* », avait commenté une styliste, ce qui lui avait valu des critiques pour sexisme.

10 décembre 2018, le thème de l'année était le courage. Qui allait se surpasser ?

Seule la table d'honneur intéresse les médias : deux rangées de 44 convives. Dans leur édition du 10 décembre, ils reproduisent sa savante composition. *DN* en publie la partie centrale seulement. Treize prix Nobel (des anciens, de passage à Stockholm, ont réussi à se faire inviter, mais doivent se contenter des places aux extrémités). Cinq membres du gouvernement suédois plus le président du parlement, qui ne parvient pas depuis trois mois à trouver la formule magique pour dégoter un Premier ministre capable de former un gouvernement. Est-ce pour ça qu'on l'a placé à droite du prix Nobel de chimie ? Du coup, beaucoup de regards se portent sur la présidente du parti centriste, Annie Lööf, qui du haut de ses 8,6 % aux élections législatives de septembre 2018, semble tenir entre ses doigts l'avenir du pays. Elle est assise non loin du Premier ministre social-démocrate. Dans quelques jours, elle fera voter la défiance contre lui.

Mais ce soir, c'est fête, rien ne filtrera. Continuons le tour de table.

Sept têtes couronnées, dont la reine Silvia, à gauche de notre Gérard Mourou, prix Nobel de physique 2018. Les autres ? Ils ont droit à la pastille « autre » sur l'infographie. Des époux/épouses des précédents, un commissaire européen, un représentant du comité Nobel norvégien (la même cérémonie se tient au même moment à Oslo pour la militante yézidie Nadia Murad et le gynécologue congolais Denis Mukwege).

Le menu est secret jusqu'au dernier moment.

À 19 h 16, un coup de fanfare et on trinque à la santé du roi. Deux minutes plus tard, un coup de fanfare et on trinque à la mémoire d'Alfred Nobel. Ceux qui organisent leur propre dîner Nobel chez eux trinquent à l'unisson de la salle bleue.

Le 10 décembre, les journaux suédois aussi se mettent sur leur trente et un. Les Nobel, c'est Noël avant l'heure. *Aftonbladet* raconte pourquoi Sara Danius vient à la fête Nobel en dépit de sa défection de l'Académie. L'info n'a rien d'un scoop, la fondation Nobel l'avait déjà annoncé la semaine précédente, mais le journal se fait mousser quand même. Anders Olsson, qui assure l'intérim de l'Académie suédoise, viendra au repas, mais ne restera pas à la fête. « Comme nous n'avons pas de prix cette année, nous adoptons un profil bas », admet Olsson.

Aftonbladet publie lui aussi la table d'honneur, dans sa totalité cette fois. Sara Danius y siège entre un prix Nobel de chimie 2003 (chimie encore, comme pour le président du parlement suédois, un signe) et un membre de la dynastie industrielle suédoise Wallenberg. Les extrémités de la table sont occupées par quatre « époux/épouses de… ».

Dans le match Horace contre Sara, cette dernière envoie ce soir une série de crochets du droit particulièrement bien sentie. Devant les centaines de convives triés sur le volet et les caméras de télévision, elle s'avance dans une éclatante robe orange recouverte d'une immense cape rose nouée bien sûr de son éternel nœud. Énorme. On l'avait déjà découverte sur la montagne aux pingouins, quelques heures plus tôt, captant tous les regards, ronde et brillante au milieu des queues-de-pie charbonneux des autres invités de Konserthuset. Et là, dans le Hall bleu de l'hôtel de ville, on a l'impression que d'une pichenette, on pourrait la faire rouler comme dans ces grosses bulles de plastique dans lesquelles on s'enferme dans les fêtes foraines. Horace, KO debout. Sur une séquence du repas, on le voit, entouré de personnalités qui bavardent, le regard errant vers le plafond, rêveur, indifférent au brouhaha.

Le lendemain, 11 décembre, il n'y a aucun doute sur le vainqueur du banquet Nobel : Sara Danius et sa cape rose envahissent les unes des quotidiens suédois. Plus fort, tellement plus fort que le guitariste de U2, David « The Edge » Howell, qui a gardé toute la soirée un bonnet noir sur la tête, certes assorti à sa queue-de-pie.

Sara Danius a droit aux honneurs de la rubrique « Talk of the town », On en parle en ville. « Nous sommes quelques-unes à nous être égosillées en voyant Sara Danius faire son entrée avec son énorme cape à nœud lavallière. Comme une reine, elle s'est avancée dans sa "fantastique création" fuchsia et orange. Foisonnante de vingt-cinq mètres de tissu, avec assez de place pour accueillir deux petits lauréats Nobel de littérature sous sa cape. Un paon parmi les pingouins. » La plus belle façon de répondre à l'expression malheureuse qu'Horace Engdahl a employée peu de temps avant à la télévision, en évoquant l'Académie : « Je me demande si les hommes ne sont pas plus aptes à siéger dans cette sorte d'assemblée. »

Les experts se lancent dans l'interprétation à donner à cette démonstration « extravagante » de force et d'assurance. « Une bombe de couleur qui assomme d'un KO tous les pingouins de la salle », lance un commentateur de la télé, enthousiaste. Sara Danius, assaillie de micros pendant la soirée, fait mine de s'étonner en gardant le masque quand on lui demande si c'est un coup porté contre l'Académie : « Ab-so-lu-ment pas. J'estimais qu'il était temps de faire preuve de joie et de passer à un nouveau chapitre. »

Quand on lui demande si elle a rencontré Horace Engdahl au cours de la soirée, la reine du soir répond par la négative : « Il y a tellement de monde ici. Mais si je tombe sur lui, je le saluerai bien évidemment. Ce sont des choses qui se font. »

Comme d'habitude, on condamne le manque de questions critiques des journalistes de la télé durant cette longue retransmission.

Ce n'est pas le bon cadre pour ça, évacue un responsable de la télé publique.

La dépendance entre la chaîne publique et la fondation Nobel explique que la Fondation a accru son influence sur les retransmissions télévisées, avec pour conséquence moins de questions critiques de la part des journalistes, note une chercheuse.

Mais bon, les Oscars…

Ce que le prix Nobel de littérature 2018 a raté au dîner de l'hôtel de ville le 10 décembre :

En entrée : Omble chevalier au four, bouillon de langoustines sur petits oignons à l'aneth, œufs de truite fumés, spaghettis de pommes de terre et sauce crème de cresson.

En plat de résistance : Céleri-rave rôti, crème de girolles et beurre de champignons, rutabaga crème aux feuilles de laurier, paleron au four longue cuisson, croûte panko à la moelle, jus de veau fumé et terrine de poireaux pommes de terre.

En dessert (sans « shit » – gélatine) : Déclinaison de pommes Frida de l'Österlen caramélisées, sorbet aux pommes, crème à la vanille, caramel et émiettée croquante.

Les vins : Champagne Taittinger Brut Millésimé 2013, Gérard Bertrand Cigalus Rouge 2016, Ruppertsberger Riesling Auslese 2014.

Et puis : Café et mélange de thés du musée Nobel, Grönstedts VO, Facile Punsch, eau minérale Stenkulla Brunn.

Délicat et équilibré. Ce qui ne veut pas dire que la digestion est facile pour tous.

Il n'aura fallu que quelques jours après la cérémonie des Nobel en décembre 2018 pour que l'Académie trébuche à nouveau. La robe bouffante de Sara Danius a pu faire oublier un instant que l'institution était en convalescence. Mais le post de l'écrivaine Elise Karlsson vient rappeler qu'il y a décidément toujours quelque chose de pourri à l'Académie. Elise Karlsson est l'une des Dix-huit qui a témoigné pour dénoncer les attouchements de Jean-Claude Arnault lors d'une fête chez un éditeur en 2008. Or ce 11 décembre, dix ans plus tard, le lendemain même du banquet Nobel, où Sara Danius dans sa robe fuchsia et Horace Engdahl les yeux perdus au plafond se sont évités, Anders Olsson, secrétaire perpétuel par intérim, envoie une lettre officielle à Elise Karlsson pour la féliciter d'avoir obtenu une « récompense » de la part de l'Académie, 60 000 couronnes, environ 6 000 euros. Commentaire d'Elise Karlsson : difficile de ne pas interpréter ça comme une tentative de la réduire au silence. D'acheter sa loyauté. Elise Karlsson n'a pas hésité. Elle a rejeté la « récompense », pour rester libre de dire ce qu'elle pense de l'Académie.

L'argent…

On sait que la somme laissée par Alfred Nobel à sa fondation s'élevait à quelque 170 millions d'euros actuels. La fondation Nobel a pour objectif de dégager un rendement total ajusté en fonction de l'inflation d'au moins 3,5 % par an, qui doit être suffisant pour garantir l'indépendance du travail des différents comités Nobel dans la sélection des lauréats et garantir les sommes allouées aux lauréats.

Mais les lauréats ne sont pas immunisés contre tous les aléas de la vie, notamment l'imprévisibilité des taux de change.

Jean-Marie Le Clézio, lorsqu'il a obtenu son prix, a ainsi perdu, sans le savoir, 130 000 euros (on simplifie : un euro = dix couronnes). Comme les autres lauréats des différents prix Nobel 2008, l'écrivain avait touché, en plus d'un diplôme et d'une médaille, un chèque de dix millions de couronnes suédoises qui avait perdu 12,5 % de sa valeur entre l'annonce du prix à la mi-octobre et sa remise officielle à Stockholm le 10 décembre. Même mésaventure pour le prix Nobel de la paix, le Finlandais Martti Ahtisaari. Les lauréats américains qui touchent leur prix en billets verts avaient quant à eux virtuellement perdu 175 000 dollars.

La stratégie de placement de la fondation Nobel vise 55 % en actions, 10 % en obligations, 10 % en immobilier et 25 % en fonds alternatifs.

Fin 2017, la valeur sur le marché du capital investi atteignait 4,496 milliards de couronnes, en progression de 250 millions sur l'année précédente. 80 % des intérêts vont aux prix annuels et les 20 % restants sont réinvestis.

45 millions de couronnes ont été dépensés pour les prix remis aux lauréats, avec des sommes passées de 8 à 9 millions pour chaque prix. 27,1 millions de compensation aux différents comités qui sélectionnent les lauréats ; 15,3 millions de couronnes pour la semaine Nobel à Stockholm et Oslo en décembre ; 15,1 millions de coûts de gestion et d'administration.

Parfois, la Fondation se fait épingler. Comme lorsqu'elle investit dans des fonds qui placent leur argent dans des fabricants de cigarettes ou dans des compagnies pétrolières. Elle avait promis qu'elle se désengagerait de tous les investissements liés aux armes nucléaires d'ici avril 2018. Raté. En décembre, en pleines festivités Nobel, la presse annonce qu'il en reste dans Thales et Rolls-Royce, tous deux impliqués dans la fabrication de sous-marins nucléaires.

Et l'Académie suédoise ?

Hasard des calendriers, deux jours après la publication de l'article mettant en cause *kulturprofilen*, le 23 novembre 2017, l'hebdomadaire suédois *Fokus* publie une enquête titrée : « L'Académie suédoise échappe à l'impôt sur la fortune ».

Plusieurs informations dans ce titre : au paradis de la social-démocratie, il existe un impôt sur la fortune. Au paradis de l'égalitarisme, il existe des façons d'y échapper. Ce qui induit une question non exprimée dans ce court titre mais que l'on subodore entre les mots : comment justifier le consentement à l'impôt, l'un des ciments les plus essentiels de la société suédoise, si les plus riches ne participent pas à l'effort national, dans un des pays les plus taxés au monde ? Un copié-collé de la situation française à l'ère des gilets jaunes. Fin janvier, au cours d'un séjour en France, je m'étais arrêté à une soirée du grand débat national dans le village languedocien de Mudaison. À travers les témoignages, les questions et les harangues, je voyais en filigrane le consentement à l'impôt émerger comme un sujet phare. En substance : on exige beaucoup de nous, on est donc en droit d'exiger beaucoup de ceux qui sont dans les hautes sphères, notamment de savoir ce qu'ils font de notre argent.

Comment faire confiance à une institution opaque ? L'Académie a beau se défendre, expliquer que son argent n'est pas celui du contribuable suédois, c'est un message qui ne passe pas. L'Académie suédoise est l'Académie des Suédois. Le temps est venu que les académiciens le comprennent ! Le dernier bastion…

Que dit l'enquête de *Fokus* ? L'Académie et plusieurs dizaines d'autres institutions échappent au règlement fiscal pourtant généreux qui incombe aux fondations et ONG. Résultat : pas un *öre* d'impôt à payer. Au gré de diverses exceptions qui s'accumulent, l'Académie n'a à rendre aucun compte. En principe, les organisations qui bénéficient d'allègements fiscaux doivent au moins déclarer leurs revenus, même si c'est pour être exemptées d'impôts ensuite. Mais là, rien, aucune transaction, aucune affaire n'est signalée. Bizarre car précisément, l'État devrait être en mesure de voir si l'argent est vraiment utilisé d'une façon qui justifie cette très généreuse largesse fiscale. Aucun responsable politique n'a jugé bon de s'attaquer à la forteresse de l'Académie. Un haut fonctionnaire des impôts dit en substance : on sait que cette question n'est pas populaire parmi les politiciens.

L'hebdomadaire calcule alors que l'Académie, entre ses placements boursiers (environ 75 millions d'euros, essentiellement dans de grandes entreprises suédoises) et les appartements et immeubles qu'elle possède en Suède et à l'étranger (pour près de 100 millions d'euros), repose sur un trésor de guerre de plus de 170 millions d'euros, qui bénéficie d'une exemption fiscale sans condition. Opacité totale et garantie, avec la bénédiction du fisc. Un trésor de guerre qui lui garantit aussi l'indépendance vis-à-vis des politiques et la protège de toutes influences.

L'article de *Fokus* passe inaperçu, noyé par la vague Arnault. Le jour de sa parution est un jeudi, celui, symbolique, de l'Acte 1, quand les académiciens, selon la tradition, se retrouvent pour leur réunion hebdomadaire. Ce jeudi, donc, l'Académie suédoise publie son premier communiqué de presse en réponse aux révélations sur *kulturprofilen*. Tout contact est rompu avec l'homme en question : à la fois les subventions allouées depuis 2010 à son association culturelle, Forum, à hauteur de 12 000 euros par an, et la mission qui lui avait été confiée un temps de gérer l'appartement parisien de l'Académie. Appartement où, suivant plusieurs témoignages, il attirait des jeunes femmes et parfois les agressait. L'Académie explique aussi qu'elle va examiner tous les liens passés entre cet homme et l'institution afin de voir s'il a eu une quelconque influence, directe ou indirecte, sur le travail de l'Académie, notamment sur l'attribution de prix ou de bourses.

Certes, on parle littérature, mais s'agissant des Nobel et de l'Académie, ça ne suffit pas.

Et d'abord, combien gagne un académicien ? Ça dépend. Certains vendent bien leurs livres ou touchent des salaires de professeurs. Un académicien a aussi droit à des indemnités, notamment ceux qui travaillent pour le comité Nobel, ce qui peut leur rapporter jusqu'à un demi-salaire. Certains sont dépendants de ces revenus.

Ils peuvent aussi bénéficier d'appartements exclusifs et de remboursements généreux de frais de voyages. Mais l'intérêt peut être ailleurs.

Stephen Farran Lee, comme beaucoup, s'est posé la question, en toute bienveillance.

Certains académiciens ont dû avoir des facilités pour se faire traduire à l'étranger, sans que ce soit nécessairement payant. Les académiciens sont l'objet de toutes sortes de sollicitations et d'invitations à des voyages luxueux de la part de différentes organisations ou personnes, mais a priori, aucun prix Nobel de littérature n'a été contesté sur ces bases.

Ce qui n'empêche pas certaines bizarreries. Il y a eu le cas « embarrassant » de Gao Xingjian, dont les droits avaient été vendus à l'éditeur suédois de l'académicien sinophone Göran Malmqvist, une coïncidence heureuse peu de temps avant qu'il n'obtienne le prix Nobel.

Si les prix Nobel de littérature sont discutés et critiqués, les académiciens paraissent incorruptibles.

On pourrait en revanche s'intéresser aux bourses

allouées par l'Académie à toutes sortes d'écrivains, où les vieilles amitiés peuvent jouer. Sans qu'il soit pour autant possible de prouver quoi que ce soit.

Tous les ans, l'Académie attribue ainsi pour 2,5 millions d'euros de bourses et de prix (le prix Nobel de littérature étant financé par la fondation Nobel).

La liste est longue. Une quarantaine. L'un atteint 40 000 euros. La plupart des enveloppes contiennent 5, 10 ou 15 000 euros. Des bourses que l'on ne peut pas demander. L'Académie vous appelle, on n'appelle pas l'Académie.

L'argent, et le pouvoir. Horace Engdahl, lorsqu'il était secrétaire perpétuel, s'en était fait la réflexion : « Soudain, toutes les portes s'ouvrent. On entre en contact avec l'élite suédoise. On arrive tout en haut, à un étage dont on n'a même pas idée si on ne le connaît pas. »

Le même Horace Engdahl qui regrettait dans une interview une forme de sclérose de la création littéraire, surtout telle qu'elle est relayée en Occident : « On constate les effets pervers de la professionnalisation du métier d'écrivain dans certains pays, liés aux systèmes de bourses et de soutiens financiers. Même si je comprends cette tentation, je pense que cela coupe le plus souvent les auteurs de la société civile, et que cela crée un lien malsain avec les institutions. »

Engdahl notait qu'autrefois, les écrivains travaillaient comme taxis, commis, secrétaires ou serveurs pour gagner leur vie. « C'était dur, mais ils se nourrissaient littérairement. » Pour lui, le problème était essentiellement occidental, tandis qu'en lisant de nombreux écrivains d'Asie ou d'Afrique, « on retrouve une certaine liberté ». Mais il s'inquiétait : avec la mondialisation, aucun territoire n'y échappera peut-être dans dix ou vingt ans.

25.

Alternobéliste

Et si le temps de Jakob von Uexküll était venu ?

Uexküll n'aura jamais le prix Nobel de littérature. On n'obtient pas le Nobel pour avoir publié chez Sahara Publications Ltd à Londres un manuel et guide d'évaluation de cent pages sur les débuts de l'histoire postale de l'Arabie Saoudite.

Uexküll a fait mieux. Il a détourné le prix Nobel.

Cet ancien député vert européen germano-suédois à barbichette et à l'allure de grand échalas aime bien dire que le prix qu'il a créé en 1980, le Right Livelihood Award, est connu comme le prix Nobel alternatif, tout en prenant ses distances avec les Nobel, mais sans jamais oublier de s'y référer, car après tout, même Jakob von Uexküll doit admettre que ça lui fait une sacrée pub. Il est comme ça, Jakob von Uexküll, avec son aplomb et son flegme. Grand échalas et petit caillou dans la chaussure des Nobel.

Pour honorer August Strindberg, privé de Nobel, une collecte avait été lancée en 1911 afin de créer un prix anti-Nobel. Soixante-dix ans plus tard, Jakob von Uexküll a repris l'idée à sa façon.

Comme les pontes de la Banque de Suède avaient ouvert leur coffre pour financer le soi-disant prix Nobel d'économie, qui n'est en fait qu'un vulgaire prix de la banque de Suède à la mémoire d'Alfred Nobel, Jakob von Uexküll a contacté la fondation Nobel pour financer un vrai-faux prix Nobel d'écologie et un autre de solidarité des réalisations utiles pour les pauvres. La fondation Nobel avait snobé le collectionneur à coupe de cheveux au bol et barbichette.

Avec le flegme qui lui était familier, Uexküll avait vendu sa collection de timbres et mis un million de dollars sur la table pour fonder son propre prix alternatif, le Right Livelihood Award (le Prix de la vie juste). Il fut un temps soupçonné d'être un sous-marin du KGB ou de la CIA avec pour mission de déstabiliser les Nobel.

Michel Sohlman, alors directeur de la fondation Nobel, avait commenté, un brin blasé, la tentative de l'ancien député vert européen pour entrer dans la famille Nobel. « L'humanité est divisée en deux groupes : ceux qui ont reçu le prix Nobel et tous les autres qui ne l'ont pas reçu. »

Uexküll ne s'est jamais découragé. En 2014, l'un de ses lauréats a été Edward Snowden, un prix très controversé, d'autant que le ministre suédois des Affaires étrangères de l'époque, Carl Bildt, est connu pour être très proche des Américains. Peu de temps après, la fondation Right Livelihood Award a appris qu'elle ne pourrait plus profiter du parlement suédois pour remettre son prix, « par manque de local ». Le président du parlement était social-démocrate, mais sur certaines questions, le consensus règne. Depuis 2016, le prix est donc remis dans l'enceinte du musée Vasa.

Farfelu, Jakob ?

Au début des années 1990, la fondation Nobel est contactée par un homme politique américain qui souhaite instituer un prix Nobel de l'environnement. La Fondation refuse. Finalement, cet Américain est récompensé à sa manière, en obtenant le prix Nobel de la paix. C'est Al Gore.

Uexküll se régale quand ses lauréats montrent la voie aux Nobel. Ainsi en 2018, le gynécologue congolais Denis Mukwege, « le docteur qui répare les femmes », obtient à son tour le prix Nobel de la paix, cinq ans après avoir reçu le Right Livelihood Award.

Cela fait une douzaine d'années que Jakob von Uexküll n'est plus engagé dans le prix lui-même. Il se consacre au World Future Council, une espèce de comité des sages qui conseille les dirigeants sur le développement durable.

Mais son prix gagne en honorabilité et son neveu, qui a pris le relais, parvient à décerner tous les ans pour l'équivalent de 300 000 euros de prix. Droit dans ses bottes, il organise chaque année la cérémonie de remise de ses prix la veille de celle des prix Nobel. « Ce n'est pas un hasard, bien sûr, m'a-t-il raconté un jour, il s'agit de provoquer à chaque fois un débat sur les priorités de notre société. » Un pied de nez aux caciques de la fondation Nobel, tenants de prix jugés figés et conservateurs. N'hésitant pas à étiqueter sa distinction « prix Nobel alternatif », mais s'en défendant officiellement, avec toujours ce petit sourire.

Pas un anti-prix donc. « Mais un complément peut-être. »

Uexküll considérait que les Nobel des années 1980, et ça ne s'est guère arrangé à ses yeux, ignoraient une part trop grande du travail et des connaissances vraiment vitales pour notre monde et son futur. Il a mis en place une sorte de prix Nobel 2.0 afin de saluer les efforts de ceux qui inventent des solutions concrètes aux défis que sont la pollution, les violations des droits de l'homme, la pauvreté et « la misère spirituelle des plus riches ». Une approche qui pour certains reflète les enjeux du XXIe siècle comme le Nobel a incarné ceux du XXe siècle.

Certains critiques ont pu ironiser sur le « prix Nobel new-age » de Jakob von Uexküll. Mais à son sens, ses lauréats sont bien plus fidèles à l'idéal décrit par Nobel dans son testament comme devant être des personnes qui, au cours de l'année écoulée, auront rendu à l'humanité les plus grands services.

Et il se considère certainement plus fidèle à l'esprit Nobel que les costumes trois-pièces de la Banque centrale de Suède qui ont réussi à instituer, à la charge de la banque, un prix d'économie pour célébrer son tricentenaire. La banque avait contacté l'Académie suédoise des sciences et lui avait demandé si elle accepterait de prendre la responsabilité du processus de sélection des lauréats, selon les mêmes principes très rigoureux que pour les prix de physique et de chimie. L'Académie avait dit oui, et la fondation Nobel aussi.

C'était en Mai 68. Cette révolution à la suédoise serait un événement unique, avait insisté la fondation Nobel. Car les critiques furent nombreuses. Des députés suédois réclamèrent le démantèlement de ce prix en déclarant que « le prix d'économie contribue à conférer au sujet très politisé qu'est l'économie une aura scientifique ».

Dans leur petit ouvrage sur le prix Nobel de littérature, les académiciens Allén et Espmark critiquent ce prix de façon feutrée mais claire. Quand ils évoquent les prix, ils ne parlent que des cinq Nobel, physique, chimie, médecine, littérature et paix, ce dernier remis à Oslo. La cérémonie de remise des quatre premiers prix à Stockholm, relèvent-ils, se déroule suivant l'ordre dans lequel ils sont nommés dans le testament. D'abord les deux matières scientifiques fondamentales, puis on aborde l'être humain avec le prix de médecine, et finalement la dimension spirituelle est soulignée par le prix de littérature. Cette belle progression est appréciée du public, soulignent les deux auteurs. Cependant, poursuivent-ils, la cérémonie a changé de caractère depuis 1969 avec l'addition d'un prix externe après les prix Nobel.

Le prétendu prix Nobel d'économie… et si le vrai scandale était là ?

Cette critique s'applique tout particulièrement aux prix 2018. Le prix d'économie est attribué à William Nordhaus, professeur d'économie à l'université américaine de Yale, pour avoir « mis au point des méthodes qui répondent à des défis parmi les plus fondamentaux et pressants de notre temps : conjuguer croissance durable à long terme de l'économie mondiale et bien-être de la population de la planète ». Dixit l'Académie royale des sciences. *Fake news* ?

D'un côté un Nordhaus qui dès les années 1970 voit l'importance du changement climatique à venir, en fait un champ de recherche, ce qui est salué. De l'autre un Nordhaus réactionnaire avec des modèles naïfs, embellissant le calcul des coûts, affirmant que l'équation « optimale » est de viser une hausse moyenne de température de 3,5°. Un pseudo-Nobel pro-croissance et productiviste, qui entraîne une levée massive de boucliers. Ce prix est qualifié de catastrophe pour le climat, de honte, car Nordhaus a souvent minimisé la menace climatique, estimant que si l'on prenait trop de mesures pour combattre le réchauffement climatique, cela risquait de réduire la croissance économique. La légitimité et la visibilité que lui donne ce vrai-faux prix Nobel est problématique face aux scientifiques qui l'affirment : c'est maintenant qu'il faut agir pour le climat.

Un chroniqueur sort l'artillerie lourde : « L'objectif tacite de ce prix consiste depuis de nombreuses années à normaliser les idées libérales de l'économie de marché. »

En 2003, le lauréat estimait avoir trouvé un modèle qui permettait à l'économie de fonctionner sans politiciens et jugeait que « le problème central de la prévention de la dépression avait été résolu ». Cinq ans plus tard, la grande crise financière a éclaté et ce sont les politiciens qui ont dû faire le ménage.

En 1997, deux Américains ont reçu le prix Nobel pour leurs théories visant à rationaliser les marchés financiers. Peu de temps après, leur propre fonds spéculatif s'est effondré et a dû être sauvé par un certain nombre d'autres banques.

Friedrich Hayek et James Buchanan ont également reçu le prix, bien qu'il s'agisse essentiellement d'agitateurs néolibéraux, poursuit le chroniqueur. Alfred Nobel serait probablement devenu furieux s'il savait qu'un tel prix est décerné en son nom, souvent à des gens qui ont pour but d'appliquer partout les principes du marché et qui trouvent que la politique sociale sociale-démocrate est trop coûteuse. Nobel l'a écrit, il détestait la vie des affaires et se considérait comme social-démocrate. Même s'il est utile de préciser que les sociaux-démocrates de la fin du XIXe siècle auraient très certainement du mal à reconnaître la social-démocratie d'aujourd'hui.

Qu'aurait-il pensé de l'annulation du prix de littérature ?

Lorsqu'en mai 2018, l'Académie suédoise annonce qu'elle n'attribuera pas de prix Nobel l'automne suivant, la journaliste suédoise d'origine grecque Alexandra Pascalidou bondit. Son sang ne fait qu'un tour : il y aura un prix. Elle ne sait pas comment, mais elle fonce. Active son réseau, soulève l'enthousiasme, autant que la critique, notamment de la part de plusieurs médias suédois qui tentent de la remettre à sa place, s'inquiétant même qu'on parle de cette initiative à l'étranger.

Un quotidien évoque la liste réactionnaire du prix Nobel Pathétique, estimant qu'il faut stopper cette Nouvelle Académie.

L'une de ses organisatrices s'amuse du double langage de certains, du journal *DN* notamment, qui reproche à la Nouvelle Académie de profiter du scandale de l'Académie. Elle a beau jeu de renvoyer le quotidien dans ses buts, lui qui a largement profité du scandale en écrivant article après article, tandis que la Nouvelle Académie tentait de faire quelque chose de constructif.

Les médias étrangers sont globalement beaucoup plus bienveillants à l'égard de l'initiative.

Le manifeste que publie cette académie alternative sur son site attire et agace : « La littérature devrait être associée à la démocratie, l'ouverture, l'empathie et le respect. » Ou encore : « À une époque où les valeurs humanistes sont de plus en plus souvent remises en cause, la littérature devient un contrepoids à l'oppression et au code du silence. »

Les bibliothécaires suédois sont sollicités pour présenter une liste de candidats potentiels. 47 écrivains sont retenus. Au terme d'un vote organisé en ligne et de 33 000 contributions, quatre finalistes sont sélectionnés. Quatre jurés – une éditrice, une professeure de littérature, un critique littéraire et la directrice d'une bibliothèque, tous suédois – sont chargés de désigner le lauréat. Maryse Condé l'emporte.

Grâce à une collecte en ligne, la Nouvelle Académie a pu offrir quelque 35 000 euros à la lauréate. À la suite du prix, des éditeurs étrangers s'y sont intéressés. Objectif atteint, puisqu'il était de promouvoir la littérature internationale, en l'absence de Nobel. Quant aux critiques, cette organisatrice réplique ingénument : la Suède est un petit pays, certains journalistes sont peut-être dépendants de l'Académie pour obtenir des bourses. Et journalistes et écrivains vont aux mêmes fêtes, c'est impossible à éviter.

9 décembre, veille de la cérémonie officielle des Nobel, dans le grand salon du club Berns, en plein cœur de Stockholm. August Strindberg avait ses habitudes dans cette superbe salle de spectacle. C'est dans ce décor que la Nouvelle Académie remet son prix de littérature à Maryse Condé au beau milieu de la semaine Nobel. Pas d'académiciens en vue, ni de robes longues.

Mais des centaines d'invités, des amuse-gueules, des dorures aux murs, trois immenses lustres.

Lorsque Maryse Condé fait son entrée sur son fauteuil roulant, elle est accueillie par une *standing ovation*. L'écrivaine est touchée. Dans son discours, elle évoque *Les Hauts de Hurlevent*. « Quand je l'ai lu, je me suis dit : c'est pour moi que ce livre a été écrit ! »

Plus tard, lorsqu'on lui demande ce qu'elle pense de l'affaire, elle évacue : le conflit entre le comité Nobel et la Nouvelle Académie ne l'intéresse absolument pas.

Les organisateurs de la Nouvelle Académie ont beau avoir subi les quolibets de certains critiques littéraires, ils réussissent à donner un coup de jeune à la semaine Nobel. Sans un sou en poche, sans un roi dans le dos. « Nous n'avons pas besoin de protecteur, nous sommes les protecteurs ! » lance l'initiatrice, Alexandra Pascalidou, d'un ton bravache.

Pascalidou a poussé la provocation jusqu'à détourner la visite que rend chaque année, depuis 1988, le prix Nobel de littérature dans le quartier à majorité immigrée de Rinkeby.

Pascalidou a en partie grandi ici.

Pour la plupart des Suédois, et des étrangers qui veulent relayer une image catastrophiste d'une Suède socialiste et immigrationniste, Rinkeby rime avec verrue. Abcès. Échec. Immigrés. Violence. Ghetto. Gang. Avec les contrepoints qui vont souvent de pair, car la vie est toujours plus compliquée. Solidarité, espérance, âmes dévouées, élans du cœur, chaleur.

La litanie des mal-aimés, des mal-armés.

Une de ces âmes chaleureuses est Gunilla Lundgren, écrivain suédoise. Elle habite Rinkeby depuis la construction de ce quartier périphérique, emblématique du *miljonprogrammet*, le programme million, nom donné au grand élan de construction d'un million de logements lancé entre 1965 et 1974 par le parti social-démocrate alors au pouvoir pour permettre à tous les habitants de se loger à prix raisonnable. Gunilla a choisi de rester vivre ici alors que le quartier s'est vidé de sa population d'origine, immigrés finlandais et ouvriers venus du Grand Nord suédois. Aujourd'hui, Rinkeby est le réceptacle des malheurs de la planète. On suit l'actualité guerrière du monde en suivant les arrivées de réfugiés dans le quartier. Rinkeby, cœur battant du monde malade. « J'habite Rinkeby, et j'aime être ici, car ici je peux être écrivain d'une façon qui me plaît. » En phase avec le monde. L'idée d'y faire venir le Nobel avait démarré avec Naguib Mahfouz. « On voulait montrer que c'était une chance de pouvoir parler plusieurs langues. » Depuis trente ans, chaque mois de décembre, le prix Nobel de littérature vient à la bibliothèque de Rinkeby dans le cadre de la semaine Nobel.

Qu'en sera-t-il la prochaine fois ?

Fin janvier 2019, c'est là que la fondation Nobel doit annoncer si le prix de littérature sera décerné en 2019.

Le cas Katarina Frostenson n'est toujours pas réglé. Tout se passe désormais par avocats interposés.

La Nouvelle Académie s'est dissoute au lendemain de la remise de son prix à Maryse Condé. Faudra-t-il l'activer à nouveau ?

En attendant, une surprise m'attend. Si j'ai été privé de la fête Nobel organisée par la Fondation, je tiens ma revanche : je viens de recevoir le carton d'invitation à la cérémonie annuelle de l'Académie suédoise, le 20 décembre.

26.

Treize lustres et sept queues-de-pie

Vous y croyez, vous, au hasard ?

Pour mon premier livre, *L'Imposteur*, portrait d'un rescapé du goulag qui avait réécrit toute une partie de sa vie pour sauver sa peau, j'ai enquêté pendant trois ans en Estonie, Lituanie, Pologne et en France. C'était au milieu des années 1990, quand Internet balbutiait. J'écrivais des lettres, des dizaines et des dizaines de lettres, j'allais sur le terrain, beaucoup. Définition du reporter, selon un des grands des années 1930, Henri Béraud : flâneur salarié. Je n'étais pas salarié, mais je flânais beaucoup. Je disais à mes journaux que j'avais des reportages à faire dans les pays baltes, et je restais un ou deux jours de plus pour enquêter, passer du temps avec Richard le rescapé, traîner, fouiller. J'ai retrouvé des témoins du goulag, de l'entre-deux-guerres, j'ai fouillé les archives du Quai d'Orsay et mis la main sur son dossier du KGB à Vilnius, toujours plus troublé par les feux d'artifice, au propre et au figuré, que Richard mettait sur ma route. Je m'étais imposé une contrainte : quels que soient les éléments de preuves que je puisse trouver contredisant le récit de Richard, je ne le confronterais pas. Je sentais que ce n'était pas à moi, jeune journaliste ayant grandi dans une Europe apaisée, d'aller dire à cet homme qu'il avait menti. Si l'histoire devait sortir, il fallait que ça vienne de lui. Les rencontres se succédaient, trois longues rencontres, et je me demandais toujours sur quoi cette enquête allait déboucher. Je doutais, beaucoup, j'avançais, trouvant un nouvel élément, frustré à nouveau, car fidèle à la contrainte. Ne pas le confronter. Était-il le bon personnage, était-ce bien lui qui, alors qu'il disait avoir passé la Seconde Guerre mondiale dans l'armée française, blessé, prisonnier, évadé, avait connu une autre vérité durant ces années-là ?

Un jour où j'erre à Paris, après une nouvelle pêche infructueuse dans les archives du Quai d'Orsay, je me balade du côté de Saint-Michel, et comme souvent, quand je passe devant une librairie, je rentre. Cette fois-ci, il s'agit de Gibert. Je feuillette distraitement les bacs à occasions, et j'aperçois un livre à dos gris dont le titre, *Mes prisons en Lituanie*, m'arrête. La Lituanie, c'est l'un des pays que je couvre en tant que correspondant à l'époque, donc par principe, je jette un œil. Je ne connais pas l'auteur, qui dans cet ouvrage raconte ses années de prison en Lituanie pendant la guerre. Matoré, un Français qui a goûté aux prisons du NKVD à Kaunas et aux cachots de la Gestapo à Vilnius.

Peut-être le livre pourrait-il m'apporter un éclairage sur l'époque. Quelques jours plus tôt, je me trouvais justement à Vilnius, surnommée la Jérusalem du Nord pour le foisonnement intense de la culture juive jusqu'à l'arrivée des nazis. Je venais de découvrir le dossier du KGB de Richard, trente ans d'interrogatoires, et j'attendais qu'on m'en envoie la copie. Je parcours l'ouvrage, à la façon de ces petits livres pour enfants dont le coin de chaque page est dessiné et anime le personnage lorsque le pouce égrène les pages. J'anime le livre comme ça, sans rien chercher, quand un mot jaillit. Richard. Je feuillette à nouveau fébrilement, plusieurs fois. Richard encore. Je raconte tout ça dans le livre. Les mots qui défilent. « Ordnung, Gestapo, fusillé, condamnée, Gerutis, petit juif »... et Richard. Matoré décrit une conversation qu'il a avec un autre prisonnier. Un israélite polonais élevé en France. Les pages passent, donnent vie à ce Richard. Jusqu'à cette page qui finit de me convaincre lorsque Matoré évoque les récits de Richard, « des histoires étonnantes, où il apparaît qu'il n'a jamais mené, comme le croit sa femme, la vie d'un saint. Quand je suis seul avec lui, j'ai droit à des confidences beaucoup plus gaillardes ». C'est ce détail, parmi d'autres, qui l'emportera. Mon Richard. Qui aurait dû finir une balle dans la nuque. Passé maître dans l'art de la survie.

Le hasard, j'y crois un peu.

Ce 20 décembre 2018, une semaine après la fin de la semaine Nobel, j'y crois à nouveau.

Faire-part jaune et rare en main. Le Nobel m'a snobé. Mais là, j'en suis. Invité à la grande cérémonie annuelle de l'Académie suédoise. Queue-de-pie obligatoire. Chaussures laquées, semelles lisses. En plein décembre, sol verglacé. Métro ? Pas sûr d'arriver. Taxi. Quelques minutes plus tard, une Volvo s'arrête devant chez moi. Le chauffeur, Sam, un Suédois. Je lui dis que je vais dans la vieille ville. A-t-il perçu un bout de nœud papillon sous le manteau ? Il demande aussitôt : « Tu vas à l'Académie ? »

La route est glacée, il roule lentement. Quinze minutes pour aller de chez moi à l'Académie. Le hasard. Sam, metteur en scène de théâtre, chauffeur de taxi pour boucler les fins de mois. Il a travaillé en France aussi, parle français. Complète son salaire en roulant. Pas besoin de lui poser de question. Il raconte. Il évoque Antonin Artaud. Il a monté des dizaines de spectacles, a travaillé avec Lars Norén. Dans les années 1980 notamment. Katarina Frostenson était venue. « Très gentille. » Il regarde droit devant lui, prudent, la route est luisante. « Jean-Claude Arnault était venu aussi, il m'avait demandé de faire une représentation d'Artaud dans son Forum. Je n'y étais pas allé. Je n'aimais pas beaucoup Jean-Claude. Ce n'était pas mon type… » Mais il confirme : les meilleurs artistes de Suède allaient à Forum. « La Suède est petite, ajoute-t-il, là où la France est polyphonique. En Suède, il y a la place pour une idée à la fois, et tout le monde doit aller dans ce sens. C'est très totalitaire dans le domaine culturel, pas totalitaire, non, c'est trop dur, mais tout le monde chante la même chanson. Ou quand il y a un débat à la télé en Suède, il y a un Blanc, un Noir, chacun discute, rien ne se passe, ça manque totalement d'intérêt. Tout est tellement carré ici. »

Il s'était fâché avec Lars Norén en 1999, au moment du double meurtre de Malexander, quand des néonazis condamnés à la prison bénéficiaient de permissions pour répéter la pièce *7:3* et jouer leur propre rôle, exprimant leur antisémitisme sur scène sans personne en face pour répliquer, contrer, déconstruire. À l'issue de la dernière, les détenus s'étaient évadés, et dans leur fuite, avaient abattu deux policiers. Un des épisodes les plus marquants au cours de mes vingt-cinq ans en Suède, à une époque où, avec le réalisateur Emmanuel François nous tournions un documentaire pour Arte sur la violence néonazie en Suède, avec l'aide notamment de Stieg Larsson, celui avec un « e ».

Lars Norén avait argué que l'artiste n'était jamais responsable de ses actes. Mon chauffeur de taxi imite la voix rocailleuse du metteur en scène. Norén avait toutefois fui la Suède quelques années, préférant monter ses nouvelles pièces à l'étranger. À la Strindberg.

Puis Sam le taxi reprend sa voix pour dire que lui était d'avis contraire, l'artiste a toujours une responsabilité.

Nous devisons encore sur le rôle de Norén, sur leur dispute. Il réfléchit au petit monde fermé de la culture suédoise, le mot mafia surgit. Puis il parle tout d'un coup d'Horace Engdahl. Il est touché, visiblement. Il ne le comprend pas. Pour lui, c'était un héros, un homme libre, libre de toute idéologie, il l'estime visiblement beaucoup. « Maintenant, il a dit des choses terribles. »

Quand il s'arrête devant l'Académie, je lui demande ce que ça lui fait d'être ici. « C'est triste. »

Devant l'entrée, des policiers et une rangée de limousines. Les voitures des académiciens.

Montée des escaliers, vestiaire, des gardes aux bonnets poilus, des queues-de-pie, des robes du soir. Et enfin, le Graal, le saint des saints, la salle de la Bourse se remplit, elle a été apprêtée spécialement pour l'occasion, avec une estrade sur laquelle est installée la table longue aux dix-huit fauteuils. Ça brille de partout. Cinq caméras de télé sont installées aux endroits stratégiques. Queues-de-pie et robes longues se saluent. Côté queue-de-pie, on marque sa différence à renfort de médailles. On allume les bougies des académiciens autour de la table et de ses fauteuils. Les questions dans la salle : combien seront-ils ? Qui boudera ?

À ma gauche, deux robes longues, des copines qui viennent depuis des années assister à la cérémonie. On sait que Sara Danius ne viendra pas, me souffle ma voisine. Elle me dit que cette cérémonie est la seule de l'Académie qui soit ouverte au public, la seule aussi où le roi et la reine sont debout pour accueillir des humains. Privilège de l'immortalité. Même si le cours de l'immortalité a beaucoup baissé ces derniers temps en Suède. Dix-huit fauteuils. Le préposé aux bougies continue le tour de table. Tout le monde s'assied. Dernier moment pour prendre des photos. La grande salle bruisse de murmures. L'archévêque Antje Jackelén brille par son absence. Elle a clairement fait comprendre que le comportement d'Horace Engdahl rendait inenvisageable sa présence. « Jésus aurait bu avec Horace Engdahl, s'est enflammé un chroniqueur. La mission de l'Église n'est pas de condamner les pécheurs, mais au contraire, de leur pardonner. » Le ton est donné, on est coincé d'un côté ou de l'autre.

Le patron de la fondation Nobel est absent aussi. Le bras de fer est toujours aussi tendu entre les deux institutions. On ignore toujours si la Fondation laissera l'Académie décerner le prix Nobel l'an prochain. L'absence du responsable de la Fondation est un marqueur. Rien n'est réglé.

Ça bruisse. La veille, l'avocat de Katarina Frostenson a fait savoir que sa cliente – tiens, sera-t-elle là, ce serait un événement – considérait que l'enquête diligentée par l'Académie était sans valeur, que les témoignages anonymes comptaient pour nuls, mais qu'elle était prête à trouver un arrangement avec l'Académie pour la quitter. Va-t-on assister à un coup d'éclat dans quelques minutes ? Les portes sont toujours fermées. Les bougies tremblotent.

La salle s'est remplie. Il ne manque que la famille royale. Qui viendra ? La Cour va aussi marquer son irritation. Murs gris clair, fauteuils bleu gris. Je compte les lustres, treize. Ça a de l'allure. Ça brille, parures et dorures. Sur ma droite, dos au mur, des fauteuils derrière une balustrade. L'estrade royale. Quelques minutes, secondes, le silence s'installe, mais rien. Le brouhaha reprend. 17 heures approche. Je demande à ma voisine si elle a une idée de qui va entrer. Qui, de la team Engdahl ou de la team Danius, va l'emporter ? Boules blanches ou boules noires ? Elle me regarde avec un petit air amusé. « C'est beaucoup plus compliqué. Ce sont des individualistes. »

17 h 02. Avec un retard qui n'échappe à personne, le roi, la reine, la princesse héritière et son mari font leur entrée. Les deux autres enfants, Madeleine et Charles Philippe, sont absents. Décryptage en direct : la famille royale marque son mécontentement vis-à-vis de l'Académie.

Un expert en royautés s'extasiera peu après : « Nous n'avons pas de gouvernement et ce qui se déroule à l'Académie est du niveau du bac à sable, mais ce qui se passe ici montre aussi que cette famille est la Suède immuable. »

Les têtes couronnées, grand uniforme quand même, restent debout. En face de moi, les portes s'ouvrent. Même les bougies cessent de bouger. Sept, ils ne sont que sept à faire leur entrée. Pas de Katarina Frostenson.

Horace Engdahl, rictus indéchiffrable, courbette devant le roi et la reine, air coincé, ou peut-être est-il trop à l'étroit dans sa queue-de-pie.

Nous sommes passés d'un Horace Engdahl la gorge déployée dans un rire énorme, à cette procession lugubre, ces sept hommes, uniquement des hommes, qui viennent péniblement prendre place autour de la table en laissant d'énormes vides entre eux. Quelle image pourrait mieux illustrer la grande maladie qui gangrène l'Académie depuis un an ?

Boules noires, boules blanches ? Ce soir, il n'y a que des perdants.

Sam le taxi avait raison. C'est triste.

Au cours de la cérémonie, trois nouveaux académiciens sont accueillis.

Quand le juriste Eric Runesson, qui a servi de médiateur durant la crise et va désormais occuper le fauteuil 1, commence son discours, il fait subtilement la leçon à ses collègues sur la façon de coopérer au sein d'un groupe. Sourires coincés. La tête d'Engdahl… On apprendra peu après qu'il a été privé de discours. Un compromis arraché par la Cour, paraît-il.

Anders Olsson, qui dirige la séance, y va du sien, en tant que secrétaire perpétuel. En substance : on revient de loin, mais l'Académie remonte la pente.

Mats Malm, nouveau au fauteuil 11, nous parle de Junia, l'apôtre femme dont l'existence a été subtilisée par celle d'un homme.

L'Irano-suédoise Jila Mossaed a un mot pour l'ex-académicienne Kerstin Ekman qu'elle remplace au fauteuil 15. Ekman avait provoqué la première grosse crise de l'Académie de l'époque récente en claquant la porte à cause du manque d'engagement de l'Académie dans l'affaire Rushdie. « Je me souviens que nous, poètes et écrivains qui vivions sous la menace, l'oppression et dans une peur permanente, avons été heureux de son action, et nous nous sommes sentis plus forts et plus braves, au moins un instant. »

Un court moment de grâce dans une ambiance plombée.

L'Académie a ouvert la séance à sept, la clôt à dix. Huit de perdus. Noël arrive, la trêve des confiseurs. L'an dernier, c'est la période pendant laquelle tout a basculé vers le pire. Quand, au retour de Noël, Horace Engdahl a embarqué l'Académie dans cette folle cavale qui a débouché sur l'annulation du Nobel. Que se passera-t-il ce Noël-ci ?

La réponse arrive rapidement.

Le 18 janvier. Dans la matinée, à 9 h 56, le vote a lieu : 115 oui, 77 abstentions, 153 non. Stefan Löfven, Premier ministre social-démocrate sortant, est réélu après quatre mois de pagaille. Le camp du non avait besoin de 175 voix au parlement suédois pour repousser Löfven.

Au même instant, l'Académie suédoise publie un communiqué : Katarina Frostenson quitte définitivement l'Académie suédoise. Le dernier boulet. Un arrangement a été trouvé, elle touchera 12 875 couronnes (1 300 euros) par mois, et pourra continuer à louer un appartement de l'Académie en bénéficiant d'une allocation.

12 février 2019 à midi, les médias suédois annoncent que la poétesse finlandaise Tua Forsström, qui appartient à la minorité suédophone de Finlande et habite Helsinki, remplacera Katarina Frostenson au fauteuil

18. Les esprits observateurs noteront que l'annonce a été faite un mardi. Et non un vendredi, selon le rituel académiesque. Le temps qu'il a fallu pour prévenir à la fois le roi de Suède et le président de la République finlandaise. Mais la décision a été prise la semaine précédente, le jeudi 7 février. Acte 63. Il aura fallu soixante-trois semaines pour refermer la blessure Arnault/Frostenson. Combien de temps faudra-t-il encore pour que la plaie cicatrise ? Pour que la cicatrice disparaisse ?

Le secrétaire perpétuel considère que l'institution est sur la bonne voie. Il préfère ne plus parler de crise, estimant avoir désormais surmonté le pire du problème.

La voie est encore plus belle quand le 26 février, Sara Danius annonce qu'elle quitte l'Académie.

Un mois plus tard, deux nouvelles académiciennes sont choisies.

Les trois futures académiciennes seront intronisées officiellement le 20 décembre 2019.

Un mois plus tard encore, le nouveau secrétaire perpétuel de l'Académie est annoncé : Mats Malm, qui a fait son entrée à l'Académie six mois plus tôt. L'une après l'autre, les cases sont cochées.

La plus grosse interrogation est bientôt levée. Le prix Nobel de littérature… Si la Fondation décidait de ne pas attribuer le prix 2018, c'est la littérature mondiale qui serait punie, affirmait Per Wästberg.

Le 5 mars, le suspens prend fin. L'Académie suédoise pourra décerner le prix Nobel de littérature 2019. Et

2018. Soulagement palpable. Le prix à payer : Horace Engdahl a dû renoncer à siéger au comité Nobel. Personne ne croit qu'il a quitté le comité Nobel volontairement.

Le 7 mai 2019, on apprend également que la demande de révision du procès de Jean-Claude Arnault auprès de la Cour suprême a été rejetée. Il reste en prison.

Ne demeure vacant que le fauteuil numéro 7, celui laissé par Sara Danius. Pas longtemps. Le 10 mai 2019, au lendemain de l'Acte 76 après JCA, on découvre que la philosophe Åsa Wikforss est nommée pour l'occuper. Dernier ouvrage publié, en 2017 : *Les Faits alternatifs – à propos de la connaissance et de ses ennemis*.

Pour la première fois depuis 1989 et le clash de l'affaire Rushdie, l'Académie suédoise va afficher complet. Avec à nouveau un juriste au fauteuil numéro 1. Avec six académiciennes, une de moins qu'avant la crise. Mais un effort de transparence louable, avec la publication pour la première fois d'un rapport d'activité.

Le prénom du jour sur le site de l'Académie : Esbjörn, et encore Styrbjörn et Asbjörn. Le mot du jour, très printanier : *fåglalåt* (gazouillis d'oiseau).

En ce 10 mai, ça doit gazouiller à l'Académie, de s'être sorti de ce pétrin.

Göran Greider, poète et journaliste, n'en croit rien. C'est un brillant pessimiste.

Les pages culture des journaux, constate-t-il, fondent à vue d'œil, les bibliothèques et organisations de formation des adultes perçoivent moins d'argent. Les écrivains se divisent entre gros vendeurs et prolétaires, ces derniers se consacrant à une littérature plus étroite, avec notamment le soutien des bourses et des prix de l'Académie. La couche intermédiaire d'écrivains novateurs qui vendent décemment a fondu.

Greider s'inquiète que le comportement soumis et loyaliste soit si répandu dans le monde culturel. « La culture – la littérature, l'art, le théâtre – ne doit-elle pas crier sa critique de l'ordre établi, quoi qu'il en coûte ? »

L'amère vérité, dit-il, est probablement que ce que nous appelons la culture sert tout autant à légitimer une société injuste, une sorte d'art très subtil de la persuasion de l'hégémonie bourgeoise. L'Académie survivra-t-elle aux nombreux scandales qui se sont succédé au cours des derniers mois ? Oui bien sûr, écrit Greider. « Mais elle ne sera pas fondamentalement réformée tant que cette société ne sera pas fondamentalement réformée. »

L'Académie gazouille à nouveau, mais quel morceau nous chante-t-elle ?

27.

Vu d'en haut

Je quitte Stockholm en train, direction le Grand Nord de la Suède.

Avant de partir, j'ai eu le temps de voir la pièce d'une auteure et comédienne sami, Marja Lisa Thomasson, *Arven vi fikk* (Ce dont nous avons hérité). Histoire sombre des Sami en lutte si inégale pour obtenir ne serait-ce que le respect dans un pays qui les a colonisés mais fait semblant de l'ignorer. Ça sonne un peu creux à Stockholm, où on est indifférent à ces histoires de Sami. La Suède ne change pas.

Attente à Murjek, gros village délabré du Nord. J'étais venu enquêter ici il y a quelques années sur les ramasseurs de baies chinois et thaïlandais qui traversent la planète pour cueillir airelles, myrtilles et mûres polaires que les Suédois ne ramassent plus. Des ramasseurs qui se font régulièrement arnaquer par les intermédiaires suédois. La Suède change.

J'attends le bus pour Jokkmokk, afin de rejoindre un Festival de littérature sami. Des alignements à perte de vue de bouleaux maigres et de sapins efflanqués. Quelques éclats de neige, des plaques de verglas. Parfois, une route seulement humide. Longue, droite, monotone. Des fossés bien creusés, des abords de routes dégagés. Ne pas se laisser surprendre par un élan bondissant, par des rennes en maraude. En contrebas, un lac de brume. Des étendues immenses. Le train pendant toute une nuit, puis le bus quelques heures de plus. Il faut mériter le Grand Nord, s'armer de patience. Ici, on bascule dans une autre dimension, loin du chaos de Stockholm.

J'ai parcouru ces routes des dizaines de fois depuis mes premiers pas en Europe du Nord, ces routes de Laponie, autant pour mon plaisir que pour le travail. Cette fois-ci, je suis invité pour la première fois au Festival de littérature sami à Jokkmokk.

Dans l'un de mes livres, *La Montagne rouge*, un personnage, le professeur Filius, archéologue et anthropologue, s'adresse au président de la Cour suprême.

— Savez-vous, monsieur le président, que les Sami étaient considérés comme étrangers dans notre pays ? À ce titre tout ce qui les concernait atterrissait dans le musée d'ethnologie, au côté des Indiens d'Amérique ou des peuplades d'Afrique noire, et non dans le musée d'histoire.

Des murmures parcoururent la salle.

On me demande souvent ce que les Sami pensent de mes polars qui se déroulent là-haut.

Anne Wuolab, qui m'a invité en tant que présidente de l'association Bagò in books, considère que mes livres exposent les injustices dont sont victimes cette région et ce peuple, sans dessiner une Laponie idéalisée, où les Sami seraient les gentils par principe.

Étrangement, j'ai eu très tôt en démarrant ce livre l'intuition de le terminer par ce point de vue décalé.

On dit parfois qu'on jauge la qualité d'une démocratie à la manière dont elle traite ses minorités. Auquel cas la démocratie suédoise a des problèmes. Qu'elle sait fort bien cacher sous des couches de bons sentiments.

Dans la nouvelle constitution suédoise entrée en vigueur en 2011, les Sami sont pour la première fois cités comme un peuple à part entière. Les députés suédois n'ont peut-être pas vraiment fait attention à l'emploi de ce terme. Mais le fait est que la Suède est donc devenue officiellement le pays de deux peuples. Dix millions de personnes pour l'un, vingt mille pour l'autre.

Deux peuples, dont l'un invisible. Ses ancêtres ont peuplé le nord de la région depuis pas loin de dix mille ans, avant d'être colonisés par les royaumes nordiques à partir du XVIIe siècle pour en exploiter les ressources.

Carl Gustaf Nordin, traducteur de la Bible en sami et membre de la toute première académie dès 1786, avait pourtant affirmé dans son discours de réception non seulement que les Sami étaient le peuple premier de toute l'Europe, mais aussi que le sami était la langue des origines sur le continent.

L'histoire a été quelque peu réécrite depuis. Le président du comité Nobel de l'Académie me dira qu'à sa connaissance, aucun auteur sami n'a jamais été nominé pour le prix Nobel.

Dans sa brochure *Portrait de la Suède*, l'Institut suédois consacre autant de place au peuple sami qu'à la fête des écrevisses. La photo entretient les clichés, montrant une famille en costume sami traditionnel, habit que les Sami n'utilisent que pour les grandes occasions. C'est plus fort qu'eux : les Suédois ne peuvent s'en empêcher. Ils font semblant d'ignorer que 90 % des Sami vivent la même vie que n'importe quel autre Suédois, s'habillent de la même manière, que Stockholm est le plus gros village sami de Suède.

En 2007, lors de l'inauguration de l'exposition permanente sur la Laponie au Musée nordique de Stockholm, Lars Anders Baer, éleveur de rennes et politicien sami, avait démarré son discours de bienvenue devant la princesse héritière Victoria par ces mots :

« Aux portes du Musée nordique, nous rencontrons les mots d'August Strindberg : Des contes que je façonne, puissent les jeunes se rappeler leurs origines, gravées dans les sculptures de Carl Eldh. August Strindberg, l'un des instigateurs du Musée nordique, était d'origine sami. Pour une raison quelconque, cela n'a pas eu d'impact significatif sur l'histoire de la littérature suédoise. »

Depuis des générations, les Suédois apprennent leur histoire, celle d'un pays homogène, où l'on parle suédois, où l'on célèbre les rois suédois, où la culture est suédoise, où les valeurs sont suédoises. Deux peuples, dont l'un invisible.

Ce « détail » échappe complètement à tous les critiques suédois de l'affaire de l'Académie. Ils reprochent avec véhémence aux académiciens d'être enfermés dans leur tour d'ivoire, insensibles au monde qui les entoure, aux courants qui secouent la société, mais eux-mêmes sont centrés sur la culture majoritaire suédoise et ignorent cet autre peuple, l'invisible, qui réclame de plus en plus d'être écouté et respecté dans sa différence.

Je pense à ce que disait Göran Greider, poète et journaliste. L'Académie suédoise ne sera pas fondamentalement réformée tant que la société ne sera pas fondamentalement réformée. Vaste chantier. Autant demander aux Suédois de changer leur point de vue sur les Sami.

On est loin de l'Académie ? Question de point de vue. De focale.

Dans le magazine littéraire du Grand Nord, *Provins*, Anne Wuolab, l'organisatrice du Festival de littérature sami, fait ce constat : le langage écrit sami existe depuis plus de quatre cents ans, mais les livres sami n'occupent pas plus d'un mètre de rayonnage dans les bibliothèques publiques suédoises.

Si vus des capitales nordiques les Sami sont de lointains sujets de la périphérie de l'Europe du Nord, les Sami eux-mêmes se considèrent au contraire comme étant au centre, au centre de l'intérêt des puissants à cause des fantastiques ressources naturelles dont regorge la Laponie.

Dès 1557, un marin anglais du nom de Stephen Borrough avait concocté un dictionnaire de conversation sami. Ce serait le texte en sami le plus ancien. Mais on doit à un Strasbourgeois arrivé à Uppsala au milieu du XVIIe siècle d'avoir rendu la littérature sami accessible aux Européens. Johannes Schefferus publie en 1673 en latin son *Lapponia*, rapidement traduit en français, allemand, anglais, avant d'être traduit en suédois en… 1956. Première œuvre majeure sur les us et coutumes des Sami, *Lapponia* était une commande des dirigeants suédois destinée avant tout à faire taire les méchantes rumeurs qui couraient en Europe selon lesquelles les armées suédoises ne connaissaient la victoire sur les champs de bataille que grâce aux sorts jetés par des chamans sami contre les armées ennemies. Des *fake news* insupportables qui signifiaient que les soldats suédois ne valaient en fait pas grand-chose sans ces sorciers sami.

Mais les pasteurs étaient les premiers intéressés à créer un alphabet sami afin d'enseigner la bonne parole luthérienne à des Sami qui, estimait-on alors, pratiquaient la religion du diable avec des instruments maléfiques et des chants sataniques, les joïks, ces chants de gorge lancinants qui racontent la nature et les êtres.

Jusqu'au début du XXe siècle, ces fameux joïks, proscrits par les pasteurs, sont les porteurs de la littérature sami, une littérature aux accents épiques, orale, mélodieuse, riche en vocabulaire.

Le XXe siècle est marqué par la variété des thèmes abordés, qui souvent se réfèrent à la résistance contre la colonisation et l'assimilation. On raconte l'oppression contre la culture, la mort de la langue, la privation d'éducation.

L'affaire de l'Académie suédoise ? Harald Gaski hésite, quand je lui en parle au Festival. Il a été nommé en 2018 professeur en littérature sami à l'université du nord de la Norvège de Tromsø. L'Académie, dit-il, a créé une distance par rapport à la culture et aux gens, elle s'inscrit dans une haute culture élitiste, alors que la façon de penser sami est très égalitaire, résultat d'une histoire où les Sami ont été habitués à être vus comme des citoyens de seconde zone. Gaski en est tellement persuadé qu'il a refusé de siéger à l'Académie norvégienne. Il a d'ailleurs le sentiment que les auteurs sami ne se sentent pas engagés dans la crise de l'Académie. Il considère qu'il serait naturel qu'il y ait un membre sami dans l'Académie, mais imagine que personne n'y a jamais pensé. Longtemps, dit-il, la littérature sami n'a pas été vue comme une part de la littérature suédoise ou norvégienne. Il rêve à haute voix : peut-être l'Académie pourrait-elle au moins créer un prix supplémentaire pour les auteurs autochtones ou les écrivains de langue minoritaire ?

Également invitée à ce festival de Jokkmokk, Linnea Axelsson a obtenu en 2018 le prix August, l'équivalent du Goncourt, pour une saga familiale sami en vers. Une dizaine d'années auparavant, elle avait gagné une bourse de l'Académie suédoise, et exprimé sa reconnaissance envers l'Académie, « où existe la possibilité de ne pas suivre les modes ».

Est-ce de cela que l'Académie a été victime ? De ne pas avoir voulu suivre la mode ? D'avoir voulu rester hors du temps ? Gaski n'est pas loin le penser. De son point de vue, l'histoire de l'Académie montre comment la société suédoise est influencée par l'esprit égalitaire sami. L'Académie était la dernière forteresse à faire tomber.

TABLE

Cet ouvrage a été achevé d'imprimer sur Roto-Page
par l'Imprimerie Floch à Mayenne
pour le compte des éditions Grasset
en septembre 2019

Mise en pages
PCA 44400 Rezé

PAPIER À BASE DE
FIBRES CERTIFIÉES

Grasset s'engage pour
l'environnement en réduisant
l'empreinte carbone de ses livres.
Celle de cet exemplaire est de :
550 g éq. CO_2
Rendez-vous sur
www.grasset-durable.fr

N° d'édition : 21133 – N° d'impression : 94808
Dépôt légal : septembre 2019
Imprimé en France